정용준

2009년 《현대문학》에 단편소설 「굿나잇, 오블로」가 당선되어 등단했다. 작품으로 『바벨』 『가나』 『우리는 혈육이 아니냐』 『프롬 토니오』 『세계의 호수』 『유령』 등의 소설이 있다. 「선릉 산책」으로 황순원문학상과 문학동네 젊은작가상을, 『우리는 혈육이 아니냐』로 소나기마을문학상을, 「사라지는 것들」로 문지문학상을, 『프롬 토니오』로 한무숙문학상을 받았다.

내가 말하고
있잖아

오늘의 젊은 작가 28
내가
말하고
있잖아
정용준
장편소설
민음사

차례

1

나는 잘해 주면 사랑에 빠지는 사람이다. 누군가 한 손을 내밀어 주면 두 손을 내밀고, 껴안아 주면 스스스 녹아 버리는 눈사람이다. 내 첫사랑은 열한 살 때 만난 부반장이다. 치아에 금속 교정기를 장착하고 이마엔 좁쌀 여드름이 퍼진 커다란 뿔테 안경을 쓴 아이였는데 그때 난 그가 세상에서 가장 아름다운 사람이라고 생각했다. 지금 생각해 보면 표정은 지나치게 차갑고 툭눈붕어를 닮은 돌출된 눈동자에 나를 향한 모멸의 불꽃이 이글거렸는데 그땐 그런 것조차 사랑스럽게 보였다. 왜냐고? 나에게 잘해 줬기 때문에. 부반장은 땅콩이 박힌 초코바와 열두 마리 종이 거북이가 들어 있는 유리

병을 줬다. 나는 얼떨떨한 마음으로 그것을 받아 들고 복잡한 감정으로 고개를 들었다. 부반장은 화난 얼굴로 나를 노려보더니 아무 말 없이 뒷모습을 보이며 교실 문을 열고 밖으로 나갔다. 알았다. 그것이 누군가에게 생일 선물로 주려고 했던, 하지만 거절당하여 이젠 누구에게도 줄 수 없는 선물이라는 것을. 착각하지 않았다. 하지만 그것은 여자에게 받은 최초의 선물이었다. 게다가 초콜릿. 그것은 사랑의 상징 아닌가. 손수 접은 종이 거북이? 단순한 마음이 아니라는 증거다. 누구를 주려고 했는지는 상관없다. 사랑이 담긴 선물과 마음을 나에게 준 것이 중요한 것이다. 책상에 거북이를 올려놓고 오래도록 쳐다봤는데 자꾸 부반장의 얼굴이 떠올랐다. 고개를 젓고 세수를 하고 달리기를 해도 그 얼굴은 사라지지 않았다. 나는 뜨거워진 얼굴로 깨달았다. 사랑에 빠졌다는 것을. 열두 마리 거북이에 일일이 이름을 붙이고 매일 말을 걸 정도로 그것들을 아꼈다. 그 후로 두 달간 나는 하염없이 부반장을 바라봤다. 그 애가 비명을 지르며 지우개를 내 얼굴에 던지기 전까지는.

쳐다보지 마.

상처받았다. 상처는 익숙했다. 하지만 마음을 준 사람이 주는 상처는 달랐다. 일반적인 통증과 비교할 수 없을 정도로 아팠다. 나는 엄지로 거북이 열두 마리를 꾹꾹 눌러 찌그러뜨린 뒤 유리병에 담아 쓰레기통에 던져 넣었다.

그 후로도 부반장 같은 사람들은 있었다. 웃어 주는 사람. 말 걸어 주는 사람. 아파서 엎드려 있을 때 손을 들어 선생님에게 내가 아프다는 것을 알려 준 친절하고 상냥한 사람. 친구들이 나를 에워싸고 괴롭힐 때 괴롭히지 마, 라고 말해 준 착한 사람. 나는 그들을 다 좋아했다. 하지만 그들은 모두 내게 상처를 줬다. 끝까지 웃어 주는 사람은 없었다. 계속 말 걸어 주는 사람도 없었고 만날 때마다 친절한 사람도 없었다. 폭우가 쏟아지는 여름밤 나는 일기장을 펼쳐 다음과 같이 썼다.

―나는 친절한 사람을 싫어하겠다. 나는 잘해 주는 사람을 미워하겠다. 속지 않겠다. 기억해. 아무도 나를 좋아하지 않아. 내 편은 아무도 없어. 그러니까 바보 멍청이 이 똥 같은 놈아. 아무것도 기대하지 마.

과거의 난 그랬다. 잘해 주기만 하면 돌멩이도 사랑하는 바보였지. 하지만 열네 살이 된 지금은 다르다.

원장은 캠코더의 정지 버튼을 눌렀다. 녹화된 영상을 재생해 자기소개 하는 내 모습을 유심히 관찰했다. 어떤 장면에서는 몇 번이고 되감기를 눌렀다. 손끝 발끝이 덜덜 떨렸다. 말을 더듬을 때마다 수많은 망치가 때리듯 실제로 팔다리가 흔들렸다. 원장은 부드러운 눈으로 나를 쳐다봤다. 반사적으로 고개가 숙여졌다. 그 눈을 안다. 쉽게 내 속으로 들어오고 싶어 하는 어른들의 위선적인 눈을 안다. 알게 된 걸로 살해 구려는 어른은 거의 없다. 알아서 더 잔인하고 알아서 더 괴롭히는 어른들만 있을 뿐. 원장이 말했다.

잘했어. 정말 잘했다.

일부러 인상을 찌푸리고 나쁜 표정을 지었다. 다정한 목소리에 혹해 넘어가려는 마음을 움켜쥐었다. 빨갛게 달아오르려는 심장에 몇 번이고 침을 뱉어 미지근하게 만들었다. 속으로 말했다.

속지 않아. 그런 말. 믿지 않을 거야.

애정 결핍자들은 안다. 우리는 끌려다닌다. 다정한 말 한마디에 마음이 녹고 부드러운 눈빛과 목소리에 입은 벌어진다. 물을 향해 필사적으로 기어가는 새끼 거북이들처럼 무모하고 일방적이다. 가는 수밖에 없다. 끌려들 수밖에 없다. 그러나 그러다 보면 망하는 것은 내 쪽. 구겨지는 건 내 마음뿐. 끌어당기는 쪽은 죄가 없다. 허락 없이 마음을 연 사람만 바보지. 그리하여 나는 지금. 이 순간. 정신을 차리려 하는 것이다. 곰처럼 커다란 남자가 두툼한 손으로 내 손을 잡았다. 작은 손이 커다란 손에 꿀꺽 삼켜졌다. 따뜻하고 단단한 손을 가진 원장이 말했다.

웅변 학원과는 다르단다. 말을 잘하게 해 주는 곳이 아니야. 말을 하게 해 주는 곳이지. 용기가 없는 사람에게 용기를 내라고 할 순 없는 법이거든. 용기가 부족한 사람에게는 용기를 내라고 할 수 있지만 용기란 게 눈곱만큼도 없는 사람에겐 그렇게 말해선 안 돼. 당연하지. 낼 용기가 없으니까. 힘없는 사람에게 힘내라는 말도 이상해. 힘이 있었으면 힘을 냈겠지. 안 그래?

뭔가에 홀린 듯 나는 고개를 끄덕였다.

넌 지금 용기도 없고 힘도 없잖아. 하지만 사람들은 너에게 이렇게 말할 거야. 천천히 말해. 차분하게 말해 봐. 떨지 마. 용기를 내!

원장은 말을 멈추고 떨리는 내 눈을 깊숙이 들여다봤다. 나는 눈싸움을 하듯 눈을 크게 뜨고 원장을 노려봤다. 2년 전 언어 치료소에 간 적이 있었다. 그때 담당 선생은 정말로 나를 치료하려 했다. 내 문제를 병이라 여겼고 고치려고 했다. 바이러스를 잡아내고 고름의 뿌리를 뽑아내려고 했다. 말하기가 어려워 다른 단어로 바꾸려고 할 때마다 소리를 질렀고 더듬는 게 괴로워 시도조차 하지 못할 때 계속 탁자를 탁탁 때리며 입을 열도록 구석으로 몰아갔다.

할 수 있어. 할 수 있어.

할 수 있어. 내가 이 말을 얼마나 싫어하는지, 그 말이 얼마나 무서운 말인지, 그 선생은 알았을까? 나는 봤다. 언어 치료소 선생이란 자가 치료소 건물 뒤편에서 누군가와 통화하며 심하게 더듬는 걸. 얼굴이 빨개진 채로 절대로 하지 말라던 행동을 했다. 팔을 흔들고 고개를 끄덕이고 발을 구르며 온 힘을 다해 더듬고 있었다. 자기도 못 하면서 나보고 할 수 있다고? 그 밤, 엄마에게 치료소 선생님이 사기꾼이라고 말했고 그 증거로 그의 전화 통화를 흉내 냈다. 엄마는 혐오스러운 눈으로 나를 쳐다보며 손사래를 쳤다. 더는 치료소에 나가지 않았고 내 말더듬증은 치료소에 가기 전보다 훨씬 심해졌다. 그러니까 지금 눈앞의 원장이란 자도 그런 사람 아닐까? 자기도 못 하는 걸 할 수 있다고 거짓말하는 나쁜 어른. 원장은 내 마음이 들리기라도 한 듯 천천히 고개를 끄덕이며 말했다.

하지만 아니잖아. 천천히 말해도 안 되잖아. 차분하게 말해도 어렵잖아. 떨려서 말을 못 하는 게 아니라 말을 못 해서 떨리는 건데. 사람들은 그걸 모르지.

눈물이 고이려 했다. 찡하게 모이는 눈물의 기운을 어금니를 꽉 깨물어 막아 냈다.

사람들은 줄줄 말을 참 잘해. 써도 써도 넘치는 말의 바다 같은 것을 갖고 있으니까. 그런데 어떤 사람에게는 그런 게 없어. 플라스틱 수조 같은 곳에 한 모금 정도의 물만 바닥에 남아 있거든. 완전히 텅 비어 있는 사람도 있어. 수조가 깨진 사람도 있고 수도꼭지가 고장 난 사람도 있어. 우리 친구는 말하는 게 왜 힘드니? 어떤 단어가 어렵고 어떤 상황이 두렵니? 걱정 마. 억지로 시키지 않아. 천천히 해 보자. 내가 도와줄게.

원장은 날 꼭 안아 줬다. 나는 눈을 부라린 채 커다란 어른 남자의 품에 안겼다. 얼굴이 그의 넓은 가슴에 덮였고 눈앞은 커튼이 내린 듯 어두워졌다. 어둠 속에서 온갖 나쁜 생각을 했다. 때리고 싶은 친구들의 이름과 죽이고 싶은 어른들의 이름을 0.1초에 한 명씩 생각해 냈다. 그렇게 몇 초가 흘렀다. 잊을 수 없는 얼굴들과 끔찍한 이름들이 떠올라 증오심과 복수심에 머리가 돌아 버릴 정도로 어지러웠지만 결국 성공했다. 나는 울지 않았다.

스프링 언어 교정원. 정체가 뭘까?

말더듬증 치료. 자신감 향상. 스피치. 성격 개조. 인생 연구. 대화의 기술. 청소년 상담.

흐음, 말더듬증 치료는 알겠다. 언어 교정원이니까. 그래서 엄마가 여기에 억지로 끌고 와 던져 놓고 간 거겠지. 자신감 향상, 스피치까지도 이해할 수 있다. 그런데 성격 개조? 인생 연구? 대화의 기술은 뭐고 청소년 상담은 또 뭐야. 혼란스럽다. 집 앞에 있는 오래된 점집이 생각난다. 옛날엔 사주팔자만 보더니 지금은 타로도 보고 별자리까지 본다. 비슷한 거 아닐까? 어느 것 하나 잘하지 못해 아무거나 다 하는 능력 없는 사기꾼. 원장 손에 이끌려 '강의실 A'에 들어갔다. 앉아 있는 회원들을 보고 혼란은 더 커졌다.

곧 쓰러질 것 같은 할머니가 흐리멍덩한 눈으로 화이트보드를 보고 있었다. 얼굴이 붉은 남자 어른과 차가운 인상의 여자 어른, 내 또래로 보이는 여학생과 아빠에게 많이 맞고 자란 것 같은 억울한 표정의 왜소한 남학생, 허공에 타자를 치듯 쉴 새 없이 손가락을 움직이며 엉덩이를 의자에 반쯤 걸친 채 불안하게 앉은 청년과 까만 뿔테 안경을 쓰고 묘한 눈으로 나를 쳐다보는 더벅머리 아저씨까지 정상적인 느낌을 주는 사람이 한 명도 없었다. 원장은 사람들에게 나를 소개했다.

오늘부터 한 식구가 된

원장은 네임 펜으로 이름표에 뭔가를 쓴 뒤 내 목에 걸었다.

무연입니다.

사람들은 환하게 웃으며 한목소리로 외쳤다.

반갑습니다. 무연.

무슨 말인가 싶어 이름표를 봤더니 '무연'이라고 적혀 있었다. 그러고 보니 사람들이 모두 이름표를 달고 있었는데 이름이 좀 이상했다. '루트', '마야코프스키', '핑퐁', '모티프', '처방전', '곰곰이'. 할머니는 그냥 '할머니'였다. 나중에 자세히 말하겠지만 여기선 최근 가장 말하기 어려운 단어로 이름을 짓고 한 달간 그 이름으로 산다. 말을 안 하거나 노트를 쓰지 않는 사람은 원장이 직접 별명을 지어 준다. 자기소개를 해 보라는 원장의 말에 당연하게도 나는 거의 소개를 하지 못했다. 무연중을 다닙니다, 라고 말하려 했지만 무연이라는 단어부터 제대로 발음하지 못했다. 그렇다고 '무연'이라고 이름을 짓다니, 회피하지 말라. 두려움을 이겨 내라. 뭐, 그런 것인가. 발음도 제대로 못 하는 단어로 이름을 지어 주는 걸 보니 원장이란 자도 정상은 아닌 것 같다. 제대로 된 사람을 만나기가 왜 이렇게 어려운 걸까?

수업이 끝나고 둥글게 모여 앉아 돌아가며 이야기를 했다. 그러니까 여긴 고장 난 사람들만 모아 둔 창고 같은 곳일까? 마야코프스키는 30초에 한 번씩 안경을 만지며 열네 살은 도저히 알아듣지 못할 말을 했다. 언어의 형상이 어쩌고저쩌고 실존이니 본질이니 어려운 단어만 골라서 사용했다. 불가능한 것을 가능하게 하는 불가능의 조건이라, 짜증 난다. 나도 말을 더듬지만, 그래서 이해는 하지만, 막상 나 아닌 다른 사람이 내 앞에서 말을 더듬고 게다가 어려운 이야기까지 하니까 도저히 못 견디겠다. 마야머시기가 무명 소설가라는 것을 나중에 알았지만 한눈에 봐도 딱 삭가 선생이구나 싶은 텁텁한 냄새가 났다. '공곰이'라는 이름표를 목에 건 남학생은 자신의 차례가 되자 울 것 같은 표정으로 고개만 저었다. 그래도 사람들은 박수를 쳐 줬다. 핑퐁이라는 남자는 계속 횡설수설했다. 스무 살쯤 됐을까? 그는 강박적으로 손가락을 움직이고 말끝마다 반드시 웃어야 하는 병이라도 걸린 것처럼 하하하 하하하 웃어 댔다. 큰누나가 옷을 사 줬는데 작은누나는 김치찌개를 먹고 싶다고 했고 자기는 탁구가 치고 싶단다. 도대체 왜 웃는 거야? 주제 파악도, 분위기 파악도 못 하는데 뭘 잘했다고 사람들은 박수를 치는 거야. 더 볼 것도 없었다. 동네에서 한 명씩 볼 수 있는 모자란 형이었다. 처방전이란 여자는 오늘은 딱히 할 말이 없다고 자연스럽게 순서를 옆에 앉은 모티프에게 넘겼다. 모티프는 모티프라는 단어를 정말 좋아하는 사람이었다. 얼굴이 붉고 목소리가 컸다. 매사에 지나칠 정도로 적극적일 것 같았다. 30대? 40대? 나이를 추측할 수 없는 스타일이었다. 그의 이름표에 왜 '모티프'라는 이름이 적혀 있는지 알 것 같았다. 그는 계속 모티프라는 말을 사용했는데 한 번도 똑바로 말하지는 못했다.

모티프가 모티프가 모티프가 필요합니다. 삶의 모티프가 중요 중요합니다.

더듬을 때마다 억지로 말을 몸으로 밀어내듯 손뼉을 치거나 몸을 흔들었다. 그렇게나 더듬어 대면서 자꾸만 더듬는 그 말을 기어이 하려고 애를 썼다. 그 꼴을 보고 있자니 내 얼굴에 침을 뱉는 것처럼 민망해져서 얼굴을 들 수 없었다. 그는 회색 양말을 신은 두 발을 서로 꼭 붙인 채 더듬을 때마다 발작처럼 발을 떨어 댔다. 가장 정상적으로 보이는 사람은 루트였다. 나와 나이가 비슷할 것 같은 여학생이었다. 이 자리에 가장 어울리지 않은 분위기가 나는 사람이었는데 실제로도 말을 잘했다. 잘해도 너무 잘했다. 톤도 발성도 마치 아나운서 같다고 생각했는데 학교에서 방송반 활동을 하고 있다고 했다.

오늘은 다행스럽게 아무 실수도 하지 않았어요. 하지만 또 다시 그때처럼 방송 중에 말을 못 하게 될까 봐 두려워요.

그러다 갑자기 10초쯤 아무 말도 않고 멍하게 있었다. 마치 누군가 멈춤 버튼을 눌러 동작이 멎은 기계 같았다. 그 정적의 시간, 사람들은 잠잠하게 기다렸다. 할머니는 기도하는 것처럼 두 손을 마주 잡고 루트의 입을 쳐다봤다. 이윽고 잠에서 깬 듯 아! 하며 루트가 말을 이어 나갔다. 할머니는 작은 소리로 무슨 말인지 전혀 모르겠는 옛날이야기를 했다. 딱히 사람들에게 하는 말은 아닌 것 같고 혼잣말이거나 잠든 아이에게 하는 말 같았다. 내 차례가 됐다. 나는 입술을 다물고 누구에게도 시선을 주지 않은 채 허공 어딘가를 뚫어지게 쳐다봤다. 보니쓰가 말했다.

괜찮아. 우린 우린 우린 말하는 데 모두 어려움을 갖고 있어. 다 똑같으니까 말을 말을 말을 해 봐.

나는 간단하게 인사했다. 말하고 싶어서도 아니고 용기를 낸 것도 아니었다. 그저 빨리 이 자리를 떠나고 싶었다.

만나서 반갑습니다. 전 말을 더듬습니다. 잘 부탁드립니다.

이 짧은 말을 3분 동안 덜덜 떨며 더 더 더 절며 말했다. 만, 을 마마마마마마마마마만, 으로 전을 저저저저저저저저전, 으로 말을 마마마마마마, 하다가 괴로워 하아 한숨을 내쉬고 고개를 숙였다. 양옆에 있던 사람들이 왼쪽 어깨와 오른쪽 어깨에 손을 올렸다. 따뜻한 온기가 피부에 와 닿았고 그것이 피를 데우는 게 느껴졌다. 어떤 손이 쑥 들어와 빼근한 심장을 부드럽게 쥐고 마사지해 주는 것 같았다. 끔찍했지만 어쨌든 하려던 말을 끝까지 해 본 게 오랜만이라 다 끝난 다음 나도 모르게 휴우 한숨을 내쉬었는데 기다렸다는 듯이 사람들은 우와 소리를 내며 박수를 쳐 줬다. 할머니가 끙 소리를 내며 일어나 내 쪽을 향해 삐걱삐걱 걸어오더니 내 정수리에 손을 얹고 시추를 만지듯 세 번 쓰다듬고 사탕을 줬다.

집으로 돌아가는 길. 버스 정류장까지 루트, 곰곰이와 같이 걸어갔다. 1999년 10월의 마지막 날. 늦은 오후 왕십리는 황량했다. 이슬비가 내렸고 사람들은 옷깃을 세운 채 움츠리고 걸었다. 털이 젖은 시추 한 마리가 행인들을 따라다녔고 비둘기들이 돌멩이처럼 바닥에 앉아 있었다. 오늘이 가고, 내일이 가고, 몇 주가 지나고, 몇 달이 지나면, 2000년 1월 1일이다. 무슨 일이 일어날까? 티브이를 틀 때마다 난리다. 밀레니엄 버그인지 버거인지 뭔가가 발생해 엘리베이터가 멈춘다고 한다. 인터넷이 멈춰 전산이 마비되고 은행이 털릴 수도 있다고 한다. 비행기가 추락할 거라는 얘기도 있다. 노스트라다무스의 예언대로 종말이 올 거라고 믿는 사람도 있다. 그건 나도 좀 궁금했다. 노스트라다무스는 내가 아는 이름 중 가장 근사하고 멋있는 느낌이어서 그가 단순히 뻥을 칠 것 같진 않았다. 무슨 일이 일어나긴 일어날 것 같은데 그게 뭔지 아직은 잘 모르겠다. 세상이 어떻게 될지도 모르는데 나는 이상한 곳에 와서 말더듬증을 고쳐 보려고 우스꽝스러운 짓을 하고 있다니. 나 자신이 한심했다.

나이도 비슷하니까 서로 친하게 지내면 좋겠네.

수업이 끝나고 원장은 루트와 곰곰이를 불러 나를 챙겨 주라고 했다. 삼총사라는 이상한 명칭을 지어 주기까지 했다. 재킷에 두 손을 집어넣고 목도리로 얼굴의 반을 가린 채 뚱한 표정으로 빠르게 걷던 루트가 걸음을 멈추고 나를 보며 물었다.

무연중 다녀? 몇 살이야?

주주, 중 1.

난 중 3. 나도 무연중. 학교에서 보면 아는 척하진 말자.

루트는 머리끈으로 머리를 묶으며 퉁명한 소리로 말한 뒤 가방에서 시디플레이어를 꺼냈다. 돌돌 말린 이어폰을 풀어 귀에 꽂고 굳게 입을 다물었다. 순간 노트에 적힌 문장 한 줄이 내 앞으로 쑥 나타났다.

—난 열다섯. 내가 형이다.

나보다 키도 작고 몸도 작고 눈도 작고 뭐든지 다 작은 안경 낀 찌질이 하나가 자기 키만 한 기타 케이스를 오른쪽 어깨에 메고 서 있었다. 왼손엔 노트를 들고 오른손엔 볼펜을 든 채 진지한 얼굴로 나를 바라보는 바보 같은 얼굴을 외면하고 보폭을 크게 하고 속력을 높여 빠르게 걸었다. 정류장에서서 버스를 기다리는데 곰곰이가 노트에 또 뭔가를 썼다.

—만나서 반갑.

곰곰이는 왼손을 내밀었다. 왼손잡이인가? 나는 몹시 귀찮았지만 호주머니에서 왼손을 꺼내 곰곰이의 손을 잡았다. 곰곰이는 손가락으로 내 손바닥을 문질렀다. 뭐라고 표현할 수 없을 정도로 끔찍한 느낌이었다. 나는 손을 뿌리치고 무서운 눈으로 곰곰이를 노려봤다. 루트가 한숨을 내쉬며 왼쪽 귀에서 이어폰을 빼고 말했다.

재는 요즘 기타에 미쳐 있는데 굳은살이 박인 손가락을 자랑하려고 만나는 사람마다 저러고 있어. 아, 그리고…….

루트가 갑자기 내 쪽으로 몸을 기울이더니 귓속말을 했다.

중학생도 아니야. 집에서 무슨 홈스쿨링인가 뭔가 하는데 자기주장으로는 실어증이래. 그런데 아니야. 연기하는 거지. 우리는 다 알고 있는데 재는 우리가 다 안다는 것을 몰라.

루트의 따뜻한 숨이 귀를 간지럽혔고 간지러움은 발끝까지 전해졌다. 얼굴이 붉게 물들었고 자꾸 헛기침이 나오려 했다. 곰곰이는 내 쪽을 향해 굳은살이 박인 손가락을 문어 다리처럼 움직이며 자랑스럽게 웃었다. 무심코 기타 케이스를 봤다.

—듣고 싶어?

난 강하게 고개를 저었지만 곰곰이는 내 반응을 보지도 않고 기타 케이스의 지퍼를 열었다. 때마침 버스가 왔고 나는 인사도 없이 버스에 올라탔다.

오늘은 이상한 날이다. 마음이 복잡하고 감당하기 어려운 날이다. 별일이 다 있었고 별사람들이 조금씩 다르게 마음을 건드렸다. 속지 마. 냉정한 마음의 목소리가 들렸다.

하늘 끝까지 헹가래질하다가 마지막에 받아 주지 않을 거잖아. 웃게 만든 다음 울게 만들 거잖아. 줬다가 뺏을 거잖아.

내일이면 모른 척할 거잖아. 이해하는 척하면서 정작 하나도 이해하지 못하잖아. 말뿐이잖아. 결국 다 그렇잖아. 그러니까 당하면 안 된다. 그땐 진짜 끝나는 거야. 끝.

빨개진 귀를 버스 창문에 댔다. 시원한 느낌에 마음이 가벼워졌다. 속으로 다짐했다. 삼총사? 어이없다. 바보들에게 속지 말자. 어눌이들게 넘어가지 말자. 아무것도 누구에게도 기대하지 말고 기대지도 말자.

하지만 어째서인지 눈물이 쏟아지려 해 껍질을 벗기고 사탕을 입에 넣어 쭉쭉 빨았다. 왜 늙은 사람들은 계피를 좋아하는 걸까? 나도 늙으면 이런 맛을 좋아하게 될까? 맛도 더럽게 없는데. 이슬비는 어느새 굵은 비로 바뀌었다 갑작스러운 많은 비로 도로가 물에 잠기고 떨어진 낙엽이 차선을 지웠다. 이렇게 비가 엄청나게 내려서 세상이 다 잠겨 버리면 그것도 종말이겠지. 행성이 충돌하거나 지진이 일어나서 호들갑 떨며 시끄럽게 종말이 오는 것보다 그편이 더 좋겠다. 비야 내려라. 좍좍 쏟아져라.

2

말하기 힘든 말. 어려운 단어와 문장을 적어.

원장은 내게 노트를 한 권 줬다. 아무것도 적히지 않은 하얀 종이를 물끄러미 바라보고 있는데 처방전이 다가왔다.

이야기 하나 해 줄까? 북쪽 세계의 끝, 얼음의 나라가 있었어. 그곳은 녹지 않는 얼음산과 뾰족한 나무가 가득한 숲, 끝이 보이지 않는 눈밭이 있는 차가운 겨울의 세계였지. 얼마나 추웠냐면 말을 하면 말조차 얼어붙을 정도였어. 사람들이 말을 하면 눈앞에서 말이 얼음덩어리가 되어 후드득 떨어졌단다. 그러던 어느 날 모래의 나라에서 전령이 찾아왔어. 평생 태양과 모래바람에 익숙했던 전령은 추위와 얼음의 풍경에

졸도할 정도로 놀라고 말았지. 얼음 왕궁에 도착해 모래의 왕이 보낸 편지를 건넬 때도 손과 발을 덜덜 떨었단다. 얼음의 왕은 독특한 방식으로 답장을 전했어. 허공을 향해 직접 말을 한 거야. 전령은 놀라운 광경에 입을 다물지 못했지. 왕이 말할 때마다 얼음이 한 덩어리씩 바닥에 떨어졌거든. 왕은 그것들을 모아 비단에 담아 전령에게 전했어. 전령은 보자기를 껴안고 얼음이 뒤덮인 눈밭을 지나가다 추위에 보자기를 떨어뜨리고 말았어. 얼음은 깨졌고 보자기는 풀리고 말았지. 당황한 전령은 바닥에 떨어진 얼음 조각을 모아 보자기에 담았어. 얼어 죽지 않기 위해 숨이 차도 뛰고 또 뛰어야 했지. 드디어 눈보라가 그치고 하늘에 태양이, 눈앞엔 모래가 나타났어. 모래의 나라에 돌아온 거야. 전령은 모래의 왕 앞에서 보자기를 열었어. 그것이 무엇이냐는 왕의 질문에 얼음의 나라에서 보낸 편지입니다, 라고 답했지. 그리고 전령은 얼음을 뜨거운 물이 담긴 통에 집어넣었어. 왕을 포함한 사람들은 깜짝 놀라고 말았지. 왜 그랬을까?

집중해서 듣고 있었는데 갑자기 질문을 받아 나는 당황했다. 처방전은 딱히 대답을 바란 건 아니라는 듯 계속 말을 이어 갔다.

무슨 말인지 알아들을 수 없는 이상한 소리가 들린 거야. 도저히 사람의 말이라고 할 수 없는 무서운 괴물의 울음 같은 소리만 들렸지. 얼음이 깨지면서 얼음의 왕의 말도 다 깨져 버린 거야. 그런데 굉음 사이사이로 온전한 말이 한마디씩 들렸는데 그게 뭐였게?

나는 모르겠다는 눈으로 어색하게 웃었다. 처방전은 추운 척 몸을 웅크리고 떨며 말했다.

아, 추워. 아, 추워. 그건 전령의 혼잣말 얼음이었단다.

나는 겉으로는 아무 반응을 보이지 않았지만 그 이야기가 좋았다. 뜨거운 물에 녹아 되살아나는 말이 신비롭고 재밌었다. 처방전은 노트의 하얀 면에 손가락으로 얼음, 이라고 투명한 글자를 썼다.

그러니까 우리에게 노트는 얼린 말을 담는 보자기 같은 거야. 어려운 말이 있거나 자꾸 깨지는 단어가 있으면 여기에 빠짐없이 적어. 그리고 틈날 때마다 연습하고 또 연습해 보는 거야. 노트에 적은 것은 절대 깨지지 않거든.

고개를 들 수 없었다. 눈이라도 마주치면 속생각을 다 들킬 것만 같았기 때문이다. 처방전은 내 뒤통수를 두 번 쓰다듬고 자신의 자리로 돌아갔다. 처방전. 나중에 내가 이모라고 부르게 되는 이 사람은 외과 의사고 나보다 나이가 스물일곱 살이나 많은 독신주의자다. 눈동자엔 항상 빛이 있고 그 빛 한가운데 내가 서 있다. 내게 관심이 있고 마르지 않는 친절함이 있다. 다정하고 다감한 그 느낌은 열네 살의 나를 여덟 살이나 여섯 살로 끌어내린다. 어느 순간부터 아들, 아들, 하고 부르면 내가 왜 이모의 아들이냐고 발끈했지만 속으로는 진짜 엄마였으면 좋겠다고 생각했다. 아니 어쩌면 진짜 내 엄마일지도 모른다. 내가 배운 진짜 엄마는 이모 같은 사람이니까. 자상하고 좋은 것만 주려고 하고 화내지도 않고 자주 껴안아 주는 사람. 좋은 엄마가 있다면 이런 느낌이겠지. 따뜻한 모습에 불안해하지 않고 그냥 믿을 수 있는 것. 하지만 이모는 자신을 독신주의자라고 했다. 나는 그 말이 멋졌다. '독신'과 '주의자.' 나도 독신이다. 나도 무엇인가에 주의자가 될 거다. 그게 무엇인지는 아직 모르겠지만.

그리고 이거.

처방전은 내 손에 나무로 깎은 엄지 크기만 한 하마를 올려놨다. 머리에 열쇠를 연결할 수 있는 작은 고리가 있었다. 인형 같은 귀여운 느낌은 아니었다. 강아지와 고양이 같은 동물과 달리 확실히 하마는 비호감이었다. 돈 주고는 절대로 사지 않을 것 같은 못난이였다.

위대한 동물이야. 겉보기엔 돼지나 소처럼 보이지만, 그래서 순하고 멍청할 것 같지만 아니야. 강하고 누구에게도 당하지 않아. 아프리카에서 가장 무서운 동물은 사자나 코끼리가 아닌 바로 하마란다. 하마 같은 사람이 되렴. 약해 보여도 강할 수 있어. 맘만 먹으면 누구든 이길 수 있고.

나는 손바닥 위의 위대한 동물을 봤다. 밸런스가 무너진 체형. 게을러터져 관리에 실패한 둔하고 둥근 몸. 쓸데없이 커다란 입과 멋대로 생긴 이빨들. 하마처럼 크게 입을 벌렸다. 하마터면 턱이 빠질 뻔했다.

노트 왼쪽 면에 말하기 어려운 단어를 적기 시작했다.

— 나. 너. 엄마. 엘리베이터. 에스컬레이터. 1. 2. 5. 우주. 일요일. 월요일. 예. 아니오. 안나. 아저씨. 이사. 웨이터. 우산. 마요네즈. 메밀. 만두. 미용실. 미친. 오리. 오징어. 오스트리아. 오스트레일리아. 무연중. 오 헨리. 마지막 잎새. 어린 왕자. 모래 산. 모자. 학교. 한국. 허리케인. 허클베리핀.

적다 보니 세 장이 금방 넘어갔다. 모음으로 시작되는 말은 발음하기 어렵다. 아 에 이 오 우로 시작하는 단어는 무조건 안 된다고 보면 된다. 모음뿐만 아니라 부드럽고 바람처럼 말해야 하는 단어도 어렵다. 이유는 모르겠다. 그렇다면 자전거나 배구, 복도 같은 단어들은 쉽냐. 그건 또 아니다. 유일하게 더듬지 않고 시작할 수 있는 말은 폭탄처럼 터지면서 시작되는 말뿐이다. 이를테면 파충류나 충치 혹은 카오스나 커피 같은 단어. 무연중에 동그라미를 그렸다. 원장은 나와 잠깐 대화를 해 보고 내가 '무연중'이라는 단어를 가장 어려워한다고 생각한 것 같다. 그런데 만약 자기소개가 아닌 책 읽기를 시켰다면 이름표엔 다른 단어가 적혔을 것이고 나는 다른 이름이 됐을 것이다. 나는 학교이기도 하고 나이기도 하고 엄마이기도 하고 우주이기도 하니까. 나는 잠시 회원들의 이름표를 생각해 봤다. 모티프는 왜 모티프라는 말을 어려워할까. 루트는 왜 루트가 힘들까. 곰곰이는 왜 실어증에 걸린 걸까? 의사라면서 처방전, 그 말이 어렵나? 그런데 할머니는 왜 그냥 할머니지?

언어 교정 시간은 유치원 수업처럼 진행됐다. 칠판에 적힌 문장을 원장이 읽으면 회원들이 따라 읽는 식이었다. 나처럼 첫 말을 발음하지 못하는 사람에겐 첫 문장을 길게 빼면서 부드럽게 말하는 연습을 시켰다. 첫 음을 물건처럼 생각하라고 했다. 최대한 부드럽게 만들거나 작게 만들어 좁은 구멍으로 살살 밀어서 입 밖으로 꺼내는 방식이다. '울릉도 동남쪽'을 '우 우 우 울릉도 동남쪽'으로 '메디슨 카운티의 다리'는 '메에 에 에 디슨 카운티의 다리'로 말한다. 딱딱한 첫 말을 최대한 가늘고 부드럽게 만들어 입에서 빠져나올 수 있는 물건 비슷한 것으로 만드는 것인데 나처럼 중증 더듬이들은 그것조차 하기 힘들다. 그럴 땐 아예 첫 말을 공기로만 말한다. '(후우울)릉도 동남쪽'. 홀로그램 같은 말. 바람 같은 말. 공기에 섞여 들리지 않는 유령 같은 말.

루트와 모티프가 하는 연습은 내가 하는 것과는 조금 달랐다. 월요일부터 일요일까지 마치 랩을 하듯 원장이 빠르게 먼저 말한다. 월요일, 화요일, 수요일, 목요일, 금요일, 토요일, 일요일. 혹은 하나부터 열까지 큰 소리로 말한다. 핵심 포인트는 일정한 속도와 리듬으로 빠르게 말하는 것. 루트는 집중하는 눈으로 원장의 입을 노려보며 앵무새처럼 원장의 말을 따라 했고 모티프는 손가락으로 귀를 틀어막아야 할 정도로 크게 소리를 질러 댔다. 더듬을 기회를 주지 않는 것. 더듬을지도 모른다는 실패의 상상에 틈을 주지 않는 것. 그것이 중요하다고 했다. 나는 처방전이 왜 여기에 있는지 알 수가 없다. 하나도 더듬지 않고 말이 조금도 어색하지 않다. 교정원에 있으니까 뭔가 교정할 것이 있다는 건데 그게 무엇인지 모를 정도로 처방전은 말을 술술 잘했다. 처방전의 수업 방식은 좀 특이했다. 원장이 그림 카드를 하나씩 까면 바로 정답을 말하는 것이다. 사자가 나오면 사자. 가위가 나오면 가위. 그런데 어떤 카드가 나오면 처방전은 입을 다물어 버린다. 원장은 다그치듯 말한다.

말하세요.

처방전은 고집스럽게 입을 열지 않고 카드를 바라만 보다가 말했다.

손 좀 씻고 올게요.

처방전이 말할 단어는 안경이다. 그냥 안경, 이라고만 하면 되는데 그 말을 하지 않고 강의실 밖으로 나간 것이다. 원장은 카드를 탁자에 놓고 한숨을 내쉬고 등받이가 없는 의자에 털썩 주저앉았다.

스프링은 그럭저럭 다닐 만했다. 원장을 따라 말하기 연습 한 시간 하고 매일매일 일기장을 읽듯 자기 이야기를 좀 하면 됐다. 그룹별로 모여 회원들과 대화하는 것도 나쁘지 않았다. 말할 때마다 두 번 중 한 번은 울먹이는 모티프의 말을 듣는 것과 도대체 무슨 말을 하는지 알아들을 수 없이 횡설수설하는 핑퐁의 말을 듣는 건 부담스러웠지만 다른 사람들의 말을 듣는 것은 좋았다. 강요하지 않았지만 컨디션이 좋으면 나도 짧게 말했다. 아직도 무슨 길 잃은 아이 쳐다보듯 불쌍하게 바라보는 회원들 시선은 짜증 났지만 그래도 너나 할 것 없이 다 문제가 있는 사람들이어서 신경이 덜 쓰였다. 다 싫은 건 아니었다. 할머니나 이모, 루트의 눈은 짜증 나지 않았다. 정말로 괜찮다, 괜찮다, 말해 주는 것 같은 좋은 눈이었다. 루트의 눈은 다정하거나 따뜻하지는 않았다. 오히려 날카롭고 냉정한 느낌에 가까웠다. 하지만 응원해 주는 기운이 있었다. 엄격한 코치처럼 얼마나 더듬는지 가끔 노트에 메모를 해서 알려 주기도 했다. 스프링엔 다른 회원들도 더 있다. 그런데 몇 번 만나도 개성이 없고 뻔한 사람들이라 할 말은 없다.

3

'자기 이야기하기' 시간이 끝나고 진이 빠져 계단에 앉아 있는데 루트가 옆에 앉아 말을 걸었다.

진짜야?

뭐.

방금 한 말.

나는 대꾸 없이 가만히 있었다.

1학년 국어면 이기승?

고개를 끄덕였다. 루트는 입술을 안으로 말고 꾹 다물고 있다가 한참 뒤 입술을 뗐다.

가만히 있을 거야? 계속 당하고만 있을 거냐고.

가만히 있고 싶지 않아. 당연히 당하고만 있고 싶지 않지. 하지만 뭐. 때려? 죽여? 하지 마세요, 그건 잘못된 행동입니다, 이렇게 말해? 됐어. 뭘 그렇게 일일이 해결하면서 살아. 번거로워. 나는 그냥 내버려 두라는 뜻을 담아 억지로 미소를 지었다. 어느새 곁에 다가온 곰곰이가 노트를 내밀었다.

— 복수하자.

루트가 노트에 적힌 말을 그대로 읽고 한마디 덧붙였다.

복수하자. 도와줄게.

어떻게 복수한다는 걸까? 도와준다고? 무슨 수로? 멍하게 앉아 창밖을 바라보며 생각했다. 5분이 지나면 국어 시간이고 우주에서 가장 싫은 국어가 들어온다. 마음이 답답하고 기분이 나빠지기 시작한다. 돼지들이 책상을 밀어 놓고 레슬링을 하고 선수들을 에워싸고 머저리들이 소리를 지르고 있다. 입에 빵을 처넣고 복도를 뛰는 놈들과 춤추고 노래하는 바보들도 있다. 점심시간 전까지 잠만 자는 좀비들도 있고 심심하면 찾아와 내 뒤통수를 때리거나 내 말을 흉내 내는 악마 같은 놈들도 있다. 나는 어떤 자극에도 반응하지 않고 무표정을 유지하려고 노력한다. 악마들은 사람의 표정을 좋아한다. 웃는 것도 좋아하고 우는 것도 좋아한다. 화내고 욕을 하면 오오오, 소리를 내며 좋아하고 하지 마, 울며 애원하면

크크크, 웃으며 기뻐한다. 이럴 땐 아무 표정을 짓지 않아야 한다. 무표정. 지루한 걸 싫어하는 악마들은 금방 흥미를 잃고 다른 먹잇감을 찾아 떠나기 마련이니까. 평생을 장난감과 놀림감으로 살아온 나는 강해지는 대신 현명해지는 것을 택했다. 놀리고 놀려도 반응 없는 인간은 마네킹과 다를 바 없으니까. 나를 괴롭히는 진짜 악마는 따로 있다. 지금 내 쪽으로 걸어오며 손을 흔들고 끔찍한 미소를 짓는, 꿈이 선행상을 많이 받아 좋은 사람이 되는 것인, 세상 최고 멍청이다. 초등학교에 입학하고 지금까지 매해 선행상을 놓친 적이 없다고 했다. 선행상 외에 어떤 상도 받은 적이 없어서 더 집착하는 미친 선행상 중독자다. 찌질이 주제에 더 지질한 애를 찾아다니며 친구가 되어 주고 잘해 주면서 자기가 뭐나 된 듯한 착각으로 기분이 좋아지는 괴상한 성격을 갖고 있다. 불쌍한 애들과 같이 밥 먹고 이야기하고 등교하고 하교한다. 내가 볼 땐 학교에서 가장 불쌍한 애가 다른 누구도 아닌 선행상이다. 주제 파악도 못하고 설쳐 대는 꼴이 우습고 불쌍하다. 그런데 그 애가 나를 찾아온 것이다. 자괴감이 든다. 내가 그 정도로 불쌍해 보이는 걸까.

국어 시간엔 절대로 고개를 들지 않는다. 괜히 눈이라도 마주치면 국어 이 개새끼는 오, 하는 소리를 내며 내 번호를 부른다. 이름으로 부른 적은 한 번도 없다. 내 말더듬증을 고쳐 주는 것을 국어를 가르치는 자신의 최대 목표로 삼은 듯 집요하고 끈질기다. 내 번호를 부르고 일으켜 세우고 말한다.

읽어.

책을 소리 내서 읽어야 하는 이유가 뭘까? 우리에겐 눈이 있고 생각이 있고 마음이 있다. 종이에 적힌 문장은 부끄러움이 많아 종이에 달라붙어 있는 건데 그걸 억지로 뜯어내 말로 하는 건 옷을 벗기는 것처럼 수치를 주는 짓이다. 그런데도 학교는 읽기가 무슨 인간이 갖춰야 할 최고의 미덕이라도 되는 양 학생들에게 읽기를 시킨다. 진절머리가 난다. 초딩 때부터 선생들은 말했다. 읽어. 읽어. 유독 내게만 더 심했다. 읽어 봐. 그들은 고쳐 주고 싶어 했고 때론 재밌어 했다. 읽기를 못하는 것이 공부를 못하는 것인 양 무턱대고 화내는 선생도 있었다. 중학생이 되면 달라질 줄 알았다. 중학생에 걸맞은 존중과 대우를 해 줄 거라 기대했다. 내가 바보였다. 이 선생이나 저 선생이나 선생이란 작자들은 쉬지 않고 나를 괴롭힌다. 질문을 하고 대답을 요구하고 발표를 시킨다. 유치원생들과 대화하는 것도 아닌데 세이 호호, 하면 호호, 하고 따라 해야 한다. 괴롭다.

14번.

오늘은 넘어갔다.

14일인데 14번을 시키면 너무 뻔하니까, 24번.

그럴 리 없지. 자리에서 일어났다. 국어는 나인 줄 몰랐다는 듯 오, 하며 놀란 척을 했다. 가증스러운 저 얼굴에 필통을 던지고 싶다. 책을 들고 한참 책상만 보고 있었다. 국어는 말했다.

읽어.

읽기를 시도하고 실패했다. 말하려고 애썼지만 잘되지 않았다. 더듬고 또 더듬었다. 더듬다가 입술을 꾹 다물었다. 국어는 말했다.

천천히.

읽을 수 없는데 어떻게 천천히 읽나. 차분하게 읽으면 읽어져? 다리 부러진 사람한테 심호흡하고 다시 달려 봐, 하는 것과 뭐가 달라. 다시 더듬었다. 또 더듬고 또 더듬다가 고개를 숙이고 만다. 힘들다. 어려운 단어를 비슷한 단어로 바꿀 수도 없고 주어와 동사를 바꿀 수도 없다. 첫 음이 나오는 게 어려워 앞에 에, 음, 이라고 살짝 붙이거나 어려운 단어를 빼고 읽어 보기도 했다. 국어가 차가운 목소리로 말했다.

야, 야, 똑바로 읽어. 정확하게.

친구들이 킬킬대며 웃었다. 국어는 교탁을 손으로 탁탁 때렸다.

야, 야, 니들 이런 걸로 웃으면 안 돼. 괜찮아. 차분하게 해.

비웃음보다 그 말이 더 싫다. 더는 시도하지 않고 입을 다물었다. 욕 나오려는 걸 참느라 맞물린 입술이 찢어질 것 같다. 국어는 턱을 손에 괴고 입술을 앞으로 쭉 내밀며 다정한 음성으로 말했다.

시간 많다. 시간 많아.

그 시간은 5분쯤 됐을 것이다. 국어가 짬을 내서 옷에 묻은 보풀을 테이프로 뜯어내고 친구들이 하품을 하거나 교과서 귀퉁이에 낙서를 한, 그 짧은 시간이 내게는 너무나 길었다. 혀를 씹고 안쪽 살을 씹었다. 됐어, 라는 신호가 떨어졌고 나는 무너지듯 의자에 앉았다.

학교가 끝나자마자 교문을 향해 전력으로 달렸다. 가쁜 숨을 몰아쉬며 벽에 기대고 서서 하교하는 학생들을 봤다. 1학년 남학생들이 지나갔고 여학생들이 지나갔다. 선생이 통화를 하며 지나갔고 2학년 여학생들이 소리를 지르며 지나갔다. 검은 자동차가 지나갔고 급식 차가 지나갔다. 그리고 3학년들이 지나갔다. 누가 시키지 않으면 한마디도 하지 않는 나는 이제 괴롭힘조차 당하지 않는 존재감 없는 존재가 됐다. 투명인간처럼, 보이지도 느껴지지도 않는 사람이 됐다. 꼼짝도 않고 서 있는데 걸어가는 사람들 중 누구도 나를 쳐다보지 않았다. 그중 한 명이 걸음을 멈추고 나를 봤다. 친구들에 둘러

싸여 자신감 있는 미소를 짓고 있는 인기 있는 사람, 루트. 표정에 당황과 긴장의 빛이 보였으나 친구들에게 잠깐 기다려 달라고 말하고 내 쪽으로 걸어왔다.

우리는 운동장을 반 바퀴쯤 걸어 철봉 옆 커다란 느티나무 아래에 섰다.

왜.

보, 보, 보…….

……괜찮아.

해 줘, 복수.

물끄러미 내 얼굴을 쳐다보던 루트는 고개를 돌려 학교 건물을 봤다.

그래? ……알겠어. 자세한 이야기는 스프링에서 하자. 그리고…….

루트는 주먹으로 내 옆구리를 푹 때렸다.

어깨 좀 펴고 다녀.

친구들을 향해 달려가는 루트의 뒷모습을 한참 바라본 뒤 운동장 반 바퀴를 천천히 돌았다. 구부정한 어깨를 쭉 펴고 턱을 들어 시선을 높게 했다. 한 뼘쯤 공중에 뜨는 기분이 들었고 몸이 가벼워지는 것 같은 착각이 들었다. 기분이 좋아졌다. 그러나 그 기분은 오래가지 못했다. 누군가 나를 향해 손을 흔들고 있었다. 선행상이었다. 나는 몸을 틀어 빠르게 운동장을 가로질렀다. 선행상이 내 이름을 부르는 소리가 들렸다. 나는 안 들리는 척 고개를 돌리고 빠르게 달려 교문을 통과했다.

엄마는 기분이 좋아 보였다. 약 기운이 느껴지지 않고 음성도 또렷하며 술 냄새도 나지 않았다. 평소와 달리 눈빛도 부드러워 보였다. 앞치마를 두르고 요리를 하고 있었다. 매콤한 제육볶음 냄새가 집 안을 훈훈하게 만들었다.

아들, 배고프지? 와서 이것 좀 먹어 봐.

나는 가방을 바닥에 내려놓고 엄마가 젓가락으로 집어 내민 고기를 받아먹었다.

맛있어?

맛있었다. 나는 으음, 소리를 내며 고개를 끄덕였다. 엄마는 만족스러운 듯 활짝 웃으며 넓은 대접에 뜨거운 밥을 한 주걱 크게 뜨고 그 위에 제육볶음을 끼얹었다. 아직 저녁을 먹기엔 너무 이른 시간이라 나중에 먹는다고 했지만 엄마는 막무가내였다.

빨리 먹어 봐.

모처럼 기분 좋은 엄마를 보니 기분이 좋아지려고 했다. 어딘지 모르게 불안해 보였지만 절망스러운 몰골로 침대에 누워 온갖 욕을 해 대는 것보다 백배 천배 나았다. 엄마는 잘해 주고 싶어 사랑에 빠지는 여자다. 아무에게나 손을 내밀고 누군가 그 손을 잡아 주면 사랑이 시작된다. 엄마는 나와 닮아 최고 속도로 사랑에 빠지고 그만큼 깊이 상처받는다. 구멍이 뻥 뚫린 마음에서 피가 철철 흐른다. 하지만 나와 결정적으로 다른 점은 상처를 받아도 엄마는 사랑을 그만두지 않는다는 것이다. 마치 상처를 받으려고 사랑을 하는 사람 같다. 엄마는 욕하는 사람도 사랑하고 때리는 사람도 사랑한다. 곁에만 있어 달라고 애원한다. 아무것도 바라지 않겠다고 빌고 또 빈다. 떠나지만 말라고 구걸하고 또 구걸하는 사랑 거지다. 지금은 만나는 사람이 없다. 그래서 건강해 보이고 그래서 불안해 보인다. 엄마는 집요하게 밥 먹는 모습을 쳐다봤다.

아들, 많이 많이 먹어.

들뜬 표정. 불안한 눈빛. 엄마가 초조한 목소리로 말했다.

다 먹고 잠깐 나갔다 와.

그 순간 초인종 소리가 들렸다. 엄마는 당황했고 낮은 목소리로 다급하게 말했다.

다 먹었지?

엄마가 가방을 들어 내게 내밀었다. 나는 가방을 어깨에 걸치고 욱여넣은 밥과 제육볶음을 볼이 터지도록 우물거리며 운동화를 신었다. 현관문을 열었다. 누군가 서 있었다. 모자를 눌러쓰고 무척 우울한 표정을 한 키가 크고 깡마른 남자.

엄마의 새로운 애인인가, 생각했는데 왠지 낯이 익었다. 남자가 먼저 묘하게 웃으며 내 정수리를 쓰다듬었다.

오랜만. 많이 컸다.

어서 와.

엄마는 예쁘고 높은 소리로 인사하며 내 가방을 힘껏 밀었다. 나는 밖으로 밀렸고 등 뒤에서 문은 닫혔다. 닫힌 문 너머로 남자의 말이 들렸다.

쟤, 이제 말 좀 해?

직업도 없고 돈도 없고 얼굴도 거지 같고 싸가지까지 없는 엄마의 전 애인. 최악 중의 최악. 이제 새롭게 만날 애인이 없어서 헤어진 애인을 다시 만나다니. 더 실망할 수 없을 줄 알았는데, 더 분노할 수 없을 줄 알았는데, 마음이 위아래로 출렁거리며 요동쳤다. 언젠가 루트는 말했다.

그래도 나는 네가 부러워. 별로여도 진짜 엄마잖아. 가짜 엄마와 사는 것도 힘들어. 엄마가 아닌데 엄마라고 불러야 하는 것도 싫고 엄마도 아니면서 엄마처럼 잘해 주는 것도 싫어.

루트에게 묻고 싶다. 정말로 진짜 엄마를 만나고 싶으냐고. 우리 엄마 같은 엄마여도 좋겠냐고.

엄마는 114 전화 안내원이다. 얼굴도 모르는 수많은 사람들의 부탁을 들어줘야 한다. 중국집, 치킨집, 피자집, 동사무소, 병원의 전화번호를 안내하고 연결해 준다. 그런데 어떤 사람들은 엄마에게 화를 낸다. 전화번호를 물어보는 것이 아니라 자기 이야기를 한다. 미워하는 사람에 대해 말하고 사랑했지만 지금은 사랑하지 않는 사람에 대해 말한다. 화를 내고 울기도 한다. 나쁜 말과 못된 말만 골라서 하는 사람도 있고 죽이겠다고 협박하는 사람도 있다. 엄마는 그들의 화를 받아 주고 잘못한 것도 없는데 사과를 한다. 핸드폰이 생겨 114에 전화하는 사람들이 줄어들고 있어 짐을 싸는 상담원이 많아지고 있다고 했다. 엄마는 끔찍한 일을 하면서 동시에 그 일을 못 하게 될까 봐 매일 걱정하며 산다. 집에 들어오면 엄마는 다른 사람으로 변한다. 표정을 벗고 목소리도 벗고 그저 술만 마신다. 약을 먹고 초저녁부터 잠을 잔다. 때론 약을 먹고 술을 마시고 내게 욕하기도 한다. 아들의 이름 대신 이름도 모르는 사람들의 이름으로 나를 부르고 소리를 지른다. 그러다 마지막엔 미안하다 말하고 울며 사과하고 끌어안고 흐느낀다.

불쌍한 내 새끼. 불쌍한 내 새끼.

주문처럼 귓가에 속삭이다가 잠이 들곤 한다. 가끔 난 엄마의 상냥한 목소리를 듣고 싶어 공중전화로 114를 누르고 전화를 걸어 본다. 누군가 기분 좋게 받으며 인사했다. 안녕하십니까. 엄마일 수도 있고 아닐 수도 있는 목소리들은 모두 친절하고 상냥하다. 여보세요. 여보세요. 깨끗하고 다정한 인사를 가만히 듣고 있다가 수화기를 내려놓는다. 내 이야기를 나누고 싶지만 엄마는, 혹은 엄마가 아닌 사람들은, 더듬는 내 말을 견딜 수 없을 것이다. 견디지 못하는데 전화를 끊을 수 없어 더 견디지 못할 것이다. 예전에는 그냥 네네, 라고 인사했고 더 예전에는 짧게 네, 라고 인사했다. 지금 인사는 너무 밝고 명랑하다. 좋지만 어쩐지 그래서 더 슬프다. 엄마는 밝게 인사하며 전화기에 힘을 다 빼앗기고 집으로 돌아온다. 엄마가 네네, 할 때가 좋았다. 엄마가 짧게 네, 할 때는 더 좋았다. 지금은 너무나 많은 것들이 좋지 않다. 안녕하시냐고? 아니, 하나도 안녕하지 않다. 하나도.

집 앞 슈퍼마켓의 평상에 앉아 어두워져 가는 하늘을 봤다.

마음이 어둡고 답답할 때, 괴롭고 어떤 것도 견딜 수 없다고 생각될 때, 노트를 펼쳐서 뭐든 써. 그러면 금방 마음이 편안해진단다.

처방전의 그 말을 믿는 건 아니지만 뭐든 하지 않으면 눈물이든 콧물이든 터져 나올 것처럼 몸이 뜨겁고 괴로웠다. 무릎 위에 노트를 펴고 볼펜을 들었다. 언젠가 엄마의 애인을 죽일 것이다, 라는 문장을 시작으로 쏟아붓듯 글을 썼다. 해가 지고 개가 짖고 지나가는 어른 몇 명이 내게 말을 걸었다.

나는 아무것도 안 들리는 척 계속 글만 썼다. 작은 글씨로 빽빽하게 여덟 장을 쓰고 다음 장을 쓰려고 했는데 손이 아파 더는 쓸 수 없었다. 나는 볼펜을 내려놓고 호주머니에서 하마를 꺼내 손에 쥐고 만지작거렸다. 남산타워의 불이 반짝였고 마지막 햇빛을 머금은 구름은 어둡고 밝았다. 입을 크게 벌렸다. 하마처럼 얼굴이 다 열릴 정도로 크게 벌렸다. 입속에 바람이 들어오도록. 굳은 게 풀어지고 썩어 가는 것들이 사라지도록. 냄새도 맛도 돼지고기의 누린내도 다 사라지도록.

아아아아아아.

4

교정원을 다니는 3개월 동안 세 개의 이름으로 살았다. 처음엔 무연. 다음 달엔 엄마. 어제까지는 우주였다. 매달 새로운 느낌으로 괴로웠다. 부끄럽고 힘이 들었다. 그런데 신기하게 보름쯤 지나면 그 단어가 끔찍하게 느껴지지 않았다. 하도 들어서 감각이 둔해진 걸 수도 있고 많이 들어서 익숙해졌을 수도 있지만 누군가 자꾸 나를 엄마야, 우주야, 부르니까 딱딱한 엄마도 어려운 우주도 부드럽고 편해졌다. 많이 빨아 조금씩 줄어드는 사탕처럼 단단한 단어가 입안에서 쉽게 굴릴 수 있는 작은 단어로 변했다.

소설가 형은 지금은 도스토예프스키인데 편의상 도스토, 라고 부르기로 했다. 그런데 다들 토스트라고 바꿔 불렀다. 루트는 저번 달엔 복도였고 지금은 노트다. 노트. 왜 그 말이 안 나오지? 노트는 틈만 나면 주문처럼 노트, 노트, 중얼거렸다. 곰곰이는 원래 곰곰이 생각만 한다고 해서 원장이 지어 준 이름인데 지금은 곰곰이의 노트에 빨간 펜으로 가장 많이 적혀 있는 단어인 '하이'다. 나는 24번이다. 원장은 내 노트를 꼼꼼하게 읽어 본 후 이름표에 '24번'이라고 적었다. 이름표를 보고 하마터면 욕을 할 뻔했다. 스프링 사람들이 24번, 이라고 부를 때마다 국어가 생각났고 그때마다 어김없이 화가 났다. 나는 24번이 싫다고 했다. 그렇다면 더더욱 24번이라고 해야겠네. 원장은 웃었고 나는 웃지 않았다.

원장이 어떤 사람이냐고?

이모는 돈가스를 자르다 말고 잠시 생각에 잠겼다. 흐음, 소리를 내며 한참 이 생각 저 생각 하는 것 같았다.

원장은 자기 이야기를 잘 안 해. 어, 아니다. 안 하는 건 아닌데 정확하게 안 해. 스프링에 들어올 때 상담을 하잖아. 그때 사람들에게 자기도 그 어려움을 안다면서 해 주는 이야기가 있는데 그게 다 달라. 어어, 나한테는 말을 고치려고 기도원에 들어가서 6개월 동안 언어 교정의 비법을 개발했다고 했거든. 온갖 방법을 고안하고 실제로 자기가 적용하면서 효과가 있었던 것만 프로그램에 이용해서 효과가 확실하다고 말이야. 그런데 또 어떤 사람한테는 군대에서 하도 맞아서 이러다 죽겠다 싶어 창고에서 밤마다 말을 고치는 훈련을 했다고 했고 또 어떤 사람에게는 배를 타고 일본에 건너가서 언어 전문가에게 배웠다고 했대. 뭐가 진짜인지는 모르겠지만 언어교정원을 만들어서 이런 일을 하고 있는 걸 보면 이상하지. 하지만 고맙고.

이모는 조각낸 돈가스를 내 접시에 올려 줬다. 의사라서 그런지 돈가스를 정말 반듯하게 잘 잘랐다. 나는 이모가 좋다. 매일 스프링에 왔으면 좋겠는데 일주일에 한 번, 많으면 두 번 정도 온다. 의사라서 바쁘다고 했다. 나는 이모를 만나서 어쩌면 수호천사가 정말 있을지도 모른다고 생각했다. 이모는 친절하고 따뜻하고 무엇보다 나를 예뻐해 줬다. 화가 난 표정과 부끄러워하는 표정을 구별해 냈고 용기가 없는 마음에 용기를 주고 힘이 없는 몸에 힘을 넣어 줬다. 손을 흔들어 인사해 주는 거, 머리 쓰다듬어 주는 거, 손잡아 주고 오늘처럼 돈가스 사 주는 거, 다 좋다. 머리 쓰다듬어 주면 계속 쓰다듬어 달라고 부탁하고 싶을 정도다. 솔직히 내가 스프링에 3개월째 계속 나가고 있는 건 이모 때문이다. 나는 어른이 될 때까지 이모가 엄마처럼 나를 보살펴 주면 좋겠다고 생각하지만 스무 살이 되면 이모에게 사랑한다고 고백할 생각이다. 그때까지 이모가 결혼하지 않아야 할 텐데 걱정이다. 이모는 왜 스프링에 다닐까? 한 번도 말을 더듬거나 어색하게 말하는 걸 본 적이 없다. 아니, 내가 만난 사람 중에 가장 말을 잘하는 사람이 아닐까 싶다. 이걸 물어봤더니 이모는 오랫동안 대답을 못 하다가 어렵게 말을 꺼냈다.

음, 스프링에 처음 들어왔을 때 내 이름이 뭐였는지 알아?

당연히 몰라 고개를 저었다.

미꾸라지. 다른 사람은 다 노트에 적힌, 말하기 어려운 단어로 이름을 지었는데 나는 늘 말하기 어려운 말을 말하려 하지 않고 계속 빠져나가고 도망친다고 원장이 '미꾸라지'라고 이름표에 적었지. 나는 겁쟁이란다. 말을 잘하는 게 아니야. 어려운 걸 포기하고 할 수 있는 것만 하는 거지. 으음, 넌 어른이 되기 전에 꼭 고쳐야 해. 피하지 말고. 알았지?

고개를 끄덕이며 물었다.

이이모도 더 어른이 되기 전에 꼭 고고고쳐요.

이모는 말없이 웃으며 내 머리를 쓰다듬었다.

대대답하세요. 고개 끄덕이거나.

이모는 한참 동안 말도 않고 고개도 끄덕이지 않았다. 나는 계속 네? 네? 하며 대답을 요구했다. 이모는 흐뭇하게 웃으며 천천히 고개를 끄덕였다.

그건 그렇고 아들, 이제 제법 말 잘하네. 금방 스프링 졸업하겠다.

원장은 내가 많이 좋아졌다고 했다. 맞는 말이다. 나도 느끼고 있으니까. 첫 음을 더듬기는 하지만 어쨌든 다음 말이 나온다. 예전에는 공이 네트에 걸려 넘어가질 못했는데 지금은 공이 네트에 맞아도 살짝 넘어간다. 그래도 변함없는 사실은 여전히 나는 1급 말더듬이라는 것. 원장이 나를 티브이 앞에 앉히며 말했다.

이제 다음 단계로 넘어가자.

원장은 「접속」이라는 제목의 영화를 재생한 뒤 빨리 감기를 눌렀다. 딱 봐도 지루하고 재미없을 것 같은 영화의 장면이 빠르게 지나갔다. 원장은 빨리 감기 버튼에서 손을 뗐다. 까만 뿔테 안경을 쓴 남자가 지하철 한가운데 섰다. 어깨에 걸고 있는 까만 가방 외에 손에 들고 있는 것이 아무것도 없는 걸 보면 물건을 팔거나 전단지를 나눠 주는 사람도 아닌 것 같다. 의자에 앉은 사람은 그 사람을 무심히 쳐다봤다. 그가 우물쭈물 망설이다가 말을 하기 시작했다.

안녕하십니까. 한정태입니다. 어려서부터 사람들 앞에서 말을 잘 못 하고 수줍음을 타는 성격이어서 오늘 여러분을 찾아뵙고 말 더듬는 걸 고쳐 보려고 이 자리에 섰습니다. 이런 결심을 하게 된 데에는 친구도 사귀어 보고 싶고 사랑하는 여자도 생겼기 때문입니다.

인사할 때 더듬었고 이름을 말할 때 더듬었다. 이런 결심을, 을 말할 때 첫 말을 길게 뺐고 사랑하는 여자도, 를 말할 땐 꽤 심하게 더듬었다. 사, 를 바람을 부는 것처럼 길게 뺀 뒤에 겨우 다음 말을 할 수 있었다. 사람들은 한정태, 라는 말더듬이를 불쌍하게 바라봤고 더듬을 때마다 웃거나 인상을 찌푸렸다. 그것이 영화일 뿐이고 나와는 아무 상관도 없는 사람인데 나는 내가 놀림을 받는 것처럼 실제로 가슴이 아프고 기분이 상했다. 나는 원망하는 눈으로 원장을 노려봤다. 원장은 정지 버튼을 누르고 말했다.

여기서 문제. 저 남자는 말 더듬는 걸 고치려고 왜 저런 행동을 했을까?

나는 입술을 다물고 바보처럼 인사하고 있는 한정태를 바라봤다.

정답은 도움이 되기 때문에. 저 장면은 비록 영화지만 진짜로 저렇게 하는 사람들이 있어. 실제로 말 더듬는 걸 고치는 데 가장 효과가 좋은 방법은 용기를 내서 사람들 앞에 서는 거니까. 24번. 말더듬이는 장애인이 아니야. 다른 사람들과 특별하게 다른 독특한 문제나 특징이 있는 것도 아니야. 사실 심리적인 이유지. 다 마음의 문제라는 뜻이야. 혼자 있을 때는 안 더듬고 말 잘하잖아. 아니야?

나는 고개를 끄덕였다.

만약 말을 더듬지 않는 사람들이 우리에게 이런 말을 했으면 모르고 하는 소리라고 하겠지만 우리는 우리끼리 다 알고 있잖아. 그렇게 단순한 문제가 아니라는 것을. 그런데 또 그렇게 복잡하고 어려운 문제도 아니야. 결국엔 뚫고 나가야 해. 힘을 기르고 용기를 내서 이겨 내야 한다고.

저, 저, 저렇게 해야 해요?

아니. 아니. 바로 저렇게 하라는 것이 아니고 단계가 있어. 저건 마지막에 하는 거야. 내 말은 이젠 실제적인 훈련을 해야 한다는 거야. 마음 단단하게 먹으라고.

그러니까 다음 단계는 실전이라는 소리. 강의실 안에 앉아 세이 호호, 하는 것과 다르다는 말. 원장이 말한 2단계의 목적은 다음과 같다.

자신감을 높이고 실생활에 응용할 수 있는 기술을 익히며 말하기 어려운 다양한 조건과 돌발 상황에서 대처할 수 있는 능력을 키우는 훈련.

그럴듯하게 들리지만 프로그램이란 것들이 죄다 이상했다. 행인에게 길 물어보기, 물건 값 깎기, 말도 안 되는 이유로 물건을 환불하기, 전단지 나눠 주기, 전도하기 등등. 말이 훈련이지 이건 그냥 사람들과의 갈등을 무조건 이겨 내라는 거다. 뭐랄까, 뜨겁게 달군 모래에 손을 집어넣었다 빼고 빡빡 깎은 대머리에 각목을 내리치며 무공을 연마하는 무식한 고행 같은 거랄까.

토요일 오후 우리는 골목 귀퉁이에 서서 사람들이 많이 오고 가는 왕십리역 대로변을 바라봤다. 종말을 앞둔 12월의 거리는 어쩐지 울적해 보였다. 거리엔 캐럴이 울려 퍼지고 빨간 옷을 입은 사람들이 종을 울려 대며 모금을 하고 있지만 다들 집에 안 좋은 일이 있는 것 같은 어두운 얼굴을 하고 코트와 점퍼 속에 몸을 구겨 넣은 채 구부정하게 걸어 다녔다. 오늘의 미션은 두 개다. 하나는 행당시장 가는 방법을 물어보는 것이고 다른 하나는 스프링 언어 교정원의 전단지를 나눠 주는 것이다. 둘 다 하고 싶지 않다. 둘 다 할 수 없기도 하고. 저렇게 안 좋은 표정으로 주머니에 손을 넣고 걷는 사람들에게 정체불명의 언어 교정원의 전단지를 나눠 줘야 한다니. 생각만 해도 온몸이 떨린다. 민망하게 내민 손과 억지로 짓는 미소. 찬바람에 꽁꽁 얼어붙는 몸과 마음. 길을 묻는 건 상상조차 할 수 없다. 나는 행당시장이라는 말조차 할 수 없을 것이다. 그렇지 않아도 추워 죽겠는데 길을 막고 앞에 서서 해해해해 소리를 내며 더듬는 사람을 누가 상대해 주겠는가.

으으, 팔다리가 마비되는 것 같다. 노트가 내 등을 툭 때리며 말했다.

괜찮지?

괜찮지 않았지만 일단 고개를 끄덕였다. 하이가 뭔가를 써서 보여 줬다.

—다 마음의 문제야. 용기를 내 봐.

노트가 하이의 노트를 흘낏 쳐다보며 말했다.

야, 넌 오늘도 말 안 할 거지? 다 마음의 문제니까 너부터 용기 내 봐.

하이는 노트의 눈치를 살피며 기타 케이스의 지퍼를 열었다. 기타는 없고 스프링 언어 교정원을 소개하는 전단지만 가득했다.

노트는 못마땅한 표정으로 한숨을 쉬었다.

너 그럴 거면 스프링은 왜 다니는 거야?

—나도 말하고 싶은데 말이 안 나와.

여기 말 잘하는 사람 있어? 됐다. 됐어. 내가 길 물어볼 테니까 너희들은 전단지 나눠 줘.

노트는 사람들이 가장 많이 오가는 사거리 신호등 앞에서서 사람들에게 말을 걸기 시작했다. 죄송한데요. 행당시장이 어딘가요? 실례지만. 길 좀 물을게요. 잠깐만요. 저기요. 안녕하세요. 노트는 첫 말을 다양하게 바꿔 가며 사람들에게 말을 걸었다. 사람들은 바쁜 걸음을 멈추고 처음엔 경계하는 눈으로 노트를 쳐다보다가 이내 행당시장 방향을 손으로 가리켰다. 혹은 이렇게 가서 저렇게 가고 뭐가 나오면 우회전한 뒤 쭉 가세요, 자세하게 설명해 주는 사람도 있었다. 노트는 고개를 푹 숙여 인사했다. 감사합니다. 고맙습니다. 알겠습니다. 하이는 전단지를 나눠 줬다. 추위에 몸을 움츠리고 주머니에 손을 넣은 사람들은 대부분 하이가 건네는 종이를 향해 손을 뻗지 않았다. 다섯 명 중 한 명이 받을까 말까 했다. 어떤 사람은 멈춰 서서 불쾌한 표정으로 하이의 얼굴을 뚫어지게 쳐다보고 가기도 했다. 하이는 꿋꿋하게 전단지를 내밀었고 사람들이 받으나 받지 않으나 밝은 표정으로 인사했다. 나는 전봇대 뒤에 숨어 그 모습을 지켜봤다. 낯선 사람에게 말을 거는 것도, 낯선 사람에게 외면받는 것도, 두렵고 떨렸다. 나는 전단지를 등 뒤로 감추고 귀가 덮이도록 비니를 눌러쓰고 잔설이 깔린 바닥의 보도블록을 봤다. 도저히 앞을 볼 수 없었다. 사람들이 나를 볼 것 같았다. 내가 하려는 걸 미리 알고 나를 노려볼 것만 같았다. 비웃고, 놀리고, 내 말을 따라 하며 조롱할 것 같았다. 노트가 다가와 등 뒤의 전단지를 빼앗았다.

전단지는 하이에게 주고 나랑 같이 길 물어보자.

다다, 다음에 할게.

아니. 딱 한 번만 해 보자. 쉬워. 처음에 인사를 해. 안녕하세요. 저기요. 말이 안 나오면 그냥 눈 마주치고 고개만 끄덕여도 돼. 그다음엔 길 좀 물을게요. 길, 이라는 말이 안 나오면 앞말과 뒷말을 바꾸고 말해 봐. 물어볼게요, 길 좀. 이렇게. 그것도 어려우면 그냥 행당시장 어디예요? 라고 묻거나. 행당시장, 이라고만 말하고 가만히 서 있어도 돼. 그러니까 내 말은 일단 해. 이 말이 막히면 저 말 하면 되니까 걱정 말고. 알겠어?

나는 시선을 피한 채 계속 보도블록만 봤다.

대답해 봐.

……응.

오케이.

노트는 내 손목을 이끌고 왕십리역 쪽으로 빠르게 걸어 사람들이 사방에서 쏟아지는 사거리 한복판으로 데리고 갔다.

자, 내가 말을 걸 테니까 네가 길을 물어봐.

뭐라고 대답을 하기도 전에 노트가 갈색 점퍼를 입은 남자의 앞을 가로막았다. 안녕하세요. 남자는 걸음을 멈추고 노트를 봤고 노트는 나를 봤다. 나는 무슨 말을 해야 할지 우물쭈물했고 노트는 말했다. 행당시장 가려면 어디로 가면 되나요? 남자는 말없이 행당시장을 향해 오른손 검지를 들었다. 까만 코트를 입은 여자가 걸어왔다. 노트가 여자의 앞을 가로막았다. 저기요. 여자는 노트를 봤고 노트는 나를 봤다.

해해, 행당시장.

여자는 아, 하며 친절하게 안내해 줬다. 노트는 감사합니다, 라고 말했고 나는 말없이 고개를 숙였다. 노트가 속삭였다.

잘하네.

노트는 같은 방식으로 계속 지나가는 사람에게 말을 걸어 멈춰 세운 뒤 패스하듯 나를 쳐다봤다. 나는 더듬더듬 길을 물었다. 나중엔 역할을 바꿔서 했다. 나는 저기요, 라고 하다가 나중에 자신감이 좀 생겨 안녕하세요, 라고 했다. 물론 안녕하세요, 는 말하기 쉽지 않은 단어라서 첫 말을 몇 번이고 반복했다.

우리는 근처 행당제과에 들어갔다. 하이는 피자빵과 밀크셰이크를 먹고 난 노란 크림빵과 우유를 먹었다. 노트는 코코아만 먹겠다고 했다. 낯선 사람들 앞에서 길을 물어볼 때의 긴장과 흥분이 몸에서 가시지 않아 덥고 어지러웠다. 노트가 밀크셰이크 컵을 얼굴에 대 줬다. 컵 표면에 맺힌 물방울과 찬 기운이 얼굴의 열기를 식혀 줬다. 노트가 장갑을 벗어 탁자에 놓으며 말했다.

잘했어. 24번.

하이가 웃으며 박수를 쳤다.

— 용감했어.

노트가 하이의 노트를 덮으며 말했다.

너나 잘해.

하이는 시무룩하게 밀크셰이크를 마시며 손으로 오케이 신호를 했다. 매장에 팝송이 흘러나왔다. 하이는 갑자기 고개를 번쩍 들었다. 감전된 사람처럼 허공에 손을 흔들며 살짝 떨기까지 했다. 노트에 적고 엄지를 치켜들었다.

— Bon jovi. Allways.

하이는 붕어처럼 입을 뻐끔거리며 진지한 얼굴로 노래를 따라 했다. 입 모양은 대충 맞았지만 정말 알고 따라 하는지는 알 수 없었다. 간주 부분엔 손가락을 움직여 기타를 치는 척했다. 왼손으로 허공의 지판을 누르고 오른손으로는 투명한 줄을 튕겼다. 인상을 찌푸리며 눈을 감고 이상한 표정을 짓는 하이는 감전된 사람 같았다. 어딘가 좀 모자란 사람처럼 보였고 같은 탁자에 앉아 있는 것이 괜히 부끄러웠다. 사람들이 쳐다볼까 무서워 고개를 숙이고 접시에 묻은 노란 크림을 포크로 긁어냈다. 음악이 끝났고 하이의 기묘한 공연도 끝났다. 하이는 상기된 얼굴로 노트에 뭔가를 적었다.

— 이 부분이 하이라이트. we love. you baby allways. 우리는 너를 영원히 사랑해.

바보야. 위가 아니라 아이 윌이야. 그리고 얼웨이즈는 철자도 틀렸어.

노트가 고개를 절레절레 흔들며 한숨을 내쉬고 하이의 글씨 밑에 글씨를 썼다.

—I will love you baby always.

우리가 아니라 나. 영원히 사랑해가 아니라 영원히 사랑할 거야. 알고 불러.

하이는 자존심이 상한 듯 굳은 얼굴로 노트가 적은 영문을 노려보더니 그 밑에 빠르게 한 문장 휘갈겨 썼다.

—난 기타야. 보컬은 관심없어.

always보다 어쩐지 allways가 맞는 것 같았지만 노트가 하이와 나를 동급으로 여기는 게 싫어 잠자코 우유를 마셨다.

마지막 남은 몇 모금의 우유를 바라보며 한 시간 전을 생각했다. 낯선 사람들에게 말을 걸고 친절한 설명을 듣는 일. 말 더듬는 게 부끄러웠지만 부끄러워하진 않았다. 아니, 정확하게 말하면 부끄러워할 틈이 없을 정도로 정신없이 말을 걸어야 했다. 노트가 열어 준 문을 뒤뚱뒤뚱 지나가는 일은 힘들었지만 어려운 미션을 해냈다는 보람이 느껴졌다. 마음 깊숙한 곳에 뜨거운 무엇인가가 쑥 들어온 것 같은 느낌이랄까. 처음으로 같은 팀 멤버인 노트와 하이가 고맙다는 생각이 들었다. 문득 궁금해졌다. 평소에 노트가 더듬는 모습을 본 적이 거의 없다. 가끔 말하는 도중 갑자기 멍하게 있긴 하지만 그것은 언뜻 보면 그냥 단어가 생각이 나지 않는 것일 뿐 말을 더듬는 것 같진 않다. 창밖을 바라보고 있는 노트에게 물었다.

그그런데 누나. 누우우나는 말을 이렇게 잘하는데 왜 스스스프링에 다녀?

나 말 잘 못 해.

노트는 코코아를 마시려다 말고 컵을 내려놓고 티슈로 입술을 닦았다.

말하는 중에 단어가 막히면 멍해져. 눈앞이 깜깜해지고 실제로 기절한 적도 있어. 거짓말이 아니고 진짜 블랙홀에 빠진 것처럼 생각이란 게 몽땅 사라져 버리거든. 나 원래 방송반 아나운서였는데 방송 도중에 기절해서 지금은 마이크나 음향 같은 걸 담당하고 있어. 나도 너처럼 말을 더듬거나 반복하는 거라면 차라리 낫겠다고 생각한 적도 있어. 어쨌든 그건 극복할 수 있으니까.

노트는 티슈를 반으로 찢고 그것을 또 반으로 찢었다. 이미 작아 더 찢을 수 없는데도 계속 강박적으로 찢었다. 우리는 거의 가루가 된 티슈를 보고 무슨 말을 해야 할지 몰랐다.

아! 맞다.

하이는 뭔가 생각났다는 듯 기타 케이스 앞부분의 작은 지퍼를 열고 두 번 접힌 종이를 꺼내 탁자에 펼쳤다.

응? 뭐야. 마마마말, 하네.

나는 깜짝 놀라 말했고 노트는 티슈를 한곳으로 모으며 말했다.

거봐. 재 말한다니까. 그런데 계속 말 못 하는 척하고. 다 아는데.

하이는 자신은 말한 적 없다는 듯 입을 꾹 다물고 이것 좀 보라고 손가락으로 자신의 노트를 가리켰다.

—복수 계획.

이게 무슨 말이냐는 듯 하이를 봤다. 노트가 말했다.

우리가 네 복수 계획 좀 짜 봤어. 읽어 봐.

—플랜 A. 동선을 파악한다. 인적이 드문 골목이나 주차장 같은 곳에서 기다린다. 표적이 나타나면 뒤에서 은밀히 다가가 검은 비닐봉지를 얼굴에 씌운다. 깜짝 놀라 저항하거나 비닐봉지를 손으로 뜯을 수도 있으므로 발을 걸어 넘어뜨린 후 손과 발을 묶는다. 운동화 끈이나 노끈 같은 것으로는 신속하게 묶기 어려울 수 있다. 케이블 타이를 이용한다. 팔과 다리가 묶이고 앞이 보이지 않는 표적은 공포에 질려 바닥에 뒹굴 것이다. 그때 머리를 제외한 곳을 무차별적으로 가격한다. 일어나서 쫓아오거나 도망갈 수도 있으므로 허벅지와 종아리, 발목은 반드시 강하게 충격을 줘야 한다.

나는 어이가 없어 웃으면서 노트와 하이를 쳐다봤다. 하이의 표정은 진지했고 노트는 마저 읽으라고 했다. 한 장을 넘겼다.

―플랜 B. 핸드폰을 훔쳐 변기에 집어넣는다. 자동차에 흠집을 내거나 사이드미러를 고장 낸다. 가방에 물을 붓거나 의자에 압정을 놓는다.

이게 뭐지? 어떤 반응도 보이지 않고 인상을 찌푸린 채 가만히 있는 내게 노트가 말했다.

좀 과격하긴 해도 확실하게 할 필요가 있어. 플랜 B는 하이 생각이고 나는 A.

5

수업이 끝나 대부분 집으로 돌아간 시간. 나는 스프링에 남아 공부했다. 다음 주가 기말고사고 과제도 있었다. 무엇보다 집에 들어가기 싫었다. 요즘은 엄마의 쓰레기가 아예 집에 눌러산다. 엄마가 일 나가고 내가 학교에 가도 속옷 차림으로 침대에 누워 티브이를 봤다. 눈이 마주칠 땐 담배를 사 오라고 심부름을 시키기도 했다. 엄마의 웃는 소리도 듣기 싫고 우는 소리도 듣기 싫었다. 그 새끼가 소리 지르는 것도 듣기 싫고 술 먹고 부르는 노랫소리는 더 끔찍했다.

저 하늘이 너를 사랑해. 어느 날 너를 데려간다면.

저렇게 열심히 부르는데도 나아지지가 않는다. 저 하늘이,

를 부를 때 돼지가 우는 소리처럼 꽥꽥거리기나 할 뿐 음을 올리지를 못한다. 그런데도 포기를 않고 계속 소리를 질러 대니 가만히 있어도 그저 고통스럽다. 손가락으로 귓구멍을 막고 이불 속으로 들어가도 저 끔찍한 소리를 차단할 방법이 없다. 정말로 하늘이 쓰레기를 데려가 버렸으면 좋겠다. 국어도 그렇고, 재능 없는 가수 지망생도 그렇고, 죽여야 할 어른들이 왜 이렇게 많은 걸까? 사는 게 너무 번거롭다.

한때는 모티프였고 지금은 '용감'인, 매사에 열정이 넘치는 용감 아저씨가 곁에 다가와 앉았다. 사회화와 재사회화의 의미를 구별하여 서술하라는 질문을 더듬더듬 힘겹게 읽고 중학교 1학년들이 이렇게 어려운 걸 배우냐고 놀라워했다. 사회 교과서 여기저기를 펼쳐 보고 자원 민족주의와 문화 상대주의 챕터를 보며 눈을 동그랗게 뜬 뒤 정답이 뭐냐고 물었고 나는 귀찮아서 최대한 간단하게 설명했다. 대답을 듣고 용감 아저씨는 자기는 몰랐다며 연신 내 등을 두드려 줬다. 커서 훌륭한 사람이 될 거란다. 지금의 작은 어려움을 극복하고 마음을 울리는 모티프인지 모지리인지를 발견하면 꿈을 이룰 수 있을 거라고 했다. 오버다. 열네 살이 배우는 걸 서른 넘은 아저씨가 모르는 게 놀라운 거 아닌가? 커서 아저씨처럼 되면 어떡해요? 라고 묻고 싶은 걸 겨우 참고 고맙습니다, 라고 말했다.

할머니는 아까부터 화분이 놓인 창가에 앉아 전깃줄에 걸린 까만 구름을 보고 있었다. 조용히 앉아 있는 것 같지만 잘 보면 입술이 움직이고 있다. 분명히 무슨 말을 하고 있을 텐데 잘 들리지도 않고 들린다고 해도 무슨 말인지 알아들을 수 없는 말이다. 내가 태어나기도 전에 일어났던 이야기. 여기에 없거나 어쩌면 이 세상에 없는 사람에 대한 이야기다. 할머니는 좋은 사람이다. 사탕을 잘 주고 수업이 끝날 때마다 다가와 머리를 쓰다듬어 주거나 손을 잡아 준다. 처음엔 그것이 진짜 싫었는데 지금은 좋다. 할머니의 손은 주름이 많고 쭈글쭈글하지만 부드럽고 따뜻하다. 로션 냄새와 알 수 없는 고소한 냄새도 좋다. 가방에 쑤셔 넣은 교회 주보를 꺼냈다. 평소 같았으면 받지도 않고 받아도 바로 버렸을 텐데 내가 전단지를 몇 번 나눠 준 이후로 매정하게 외면할 수 없었다. 주보 귀퉁이에 스테이플러를 박아 고정시킨 초콜릿을 뜯어 할머니의 손바닥에 올렸다. 할머니는 힘없는 손을 움직여 비닐 봉지를 벗겨 내고 엄지손톱 크기의 초콜릿을 반으로 쪼개 한 쪽을 먹고 나머지 반쪽을 내 입에 넣어 줬다. 할머니가 말했다.

따라 해 봐. 아에이오우.

아에이오우.

옳지. 가나다라마바사.

가나다라마바사.

그렇지. 그렇지.

할머니는 흐뭇한 표정으로 내 뺨을 쓰다듬었다. 그리고 작은 소리로 중얼거렸다.

아가야, 미안하다.

나는 할머니가 항상 말하는 그 아가인 것처럼 굴었다. 할머니는 그 아이를 너무 만나고 싶어 하고 그 아이에게 너무 말하고 싶어 하고 대화도 하고 싶어 하는 것 같다. 할머니는 기분 좋고 할머니가 기분 좋으면 슬픈 얼굴이 환해지며 슬픈 주름살이 기쁜 주름살로 변하는데 그걸 보고 있으면 내 기분도 덩달아 좋아진다.

괘에엔찮아요.

어딜 갔었어. 엄마 마음도 모르고 그렇게 가 버리고 만나기가 왜 이렇게 어려워.

미이이안해요.

아니야. 아니야.

할머니는 내 손을 잡고 계속 비볐다. 손을 끌어 볼에 대고 계속 미안하다, 미안하다, 라고 말했다.

엄마가 모자라서, 그때는 너무 멍청해서 너한테 너무했다.

너무했어.

할머니는 나를 아들이라고 생각하고 있다. 할머니의 아들도 나처럼 말을 더듬었던 것 같다. 나처럼 적당히 불행하고 재수 없는 표정을 하고 있었던 것 같다. 엄마가 아들을 사랑한다고 해서 아들의 마음을 다 아는 건 아니지. 사랑으로 행한 엄마의 행동이 모두 옳은 것은 아니지. 할머니도 아들한테 그랬던 것 같다. 너무 사랑해서 뭐든 해야 해서 한 행동들이 슬프고 나쁜 것들이었다. 몸에 정신 나간 귀신이 달라붙어 있다고 믿었단다. 나쁜 악귀들이 머리와 입술을 쥐어짜고 있다고 믿었단다. 그래서 굿도 하고 기도원에도 데리고 갔다고. 사탄아 물러가라고 소리치며 커다란 주먹과 손으로 아들 몸을 때리고 짓밟을 때도 감사합니다, 믿습니다, 아멘이라고 했단다. 무당의 말을 듣고 차가운 겨울 바다에 머리까지 집어넣기도 했다고 한다. 할머니는 남편이자 아들의 아버지였던 사람에 대해서도 말해 줬는데 충격적이었다. 할머니가 왜 이렇게 됐는지 아들은 또 왜 그렇게 살 수밖에 없었는지 약간 이해가 됐다. 이해는 됐지만 마음으로 받아들이긴 힘들었다. 할머니도 할머니의 아들도 다 불쌍했는데 나는 지금 할머니의 아들이기 때문에 나까지 불쌍하게 느껴졌다. 어느 순간부터는 괜찮다고 말해 주지 못했고 할머니 손도 계속 잡고 있을 수가 없었다. 나는 물었다.

하하할머니 그 아이는 지금 어어어어디에 있어요?

할머니는 금방이라도 후드득 떨어뜨릴 것처럼 눈물을 눈에 가득 안고 고개를 흔들었다.

몰라. 모르겠구나. 사라져 버렸어. 찾을 수가 없어.

집으로 돌아가는 길에 버스 뒷좌석에 앉아 노트를 펼쳐 그동안 썼던 것들을 쭉 읽어 봤다. 하기 어려운 말. 할 수 없는 말. 해도 해도 더듬는 말. 단어와 문장을 낙서하듯 써 내려간 깨알 같은 글씨가 장마다 가득했다. 그것은 마치 입술 밖으로 꺼내지 못한 말을 가둬 둔 감옥 같았다. 나는 속으로 그것들을 하나씩 읽어 봤다. 마음의 세계에서는 막힘이 없다. 입술에 살짝 올려 혼잣말로 중얼거렸다. 역시 더듬지 않는다. 참 이상하지. 말이 뭐길래. 소리가 뭐길래. 이렇게 한마디 하는 게 힘든 걸까. 다섯 장이 넘어가면 파란색으로 쓴 글씨가 나온다. 말하기 어려운 말이 아닌, 하고 싶은 말을 쓴 것이다. 마음에서 하는 말을 최대한 솔직하게 썼는데 다시 읽어 보니 읽을 수가 없다. 너무 우울하고 화만 내고 있다. 엄마를 욕하고 세상에 많은 엄마 중에 이런 엄마의 아들이 된 걸 저주하고 누군지도 모르는 신에게 화를 내고 있다. 왜 이렇게 죽이겠다, 복수하겠다는 말이 많은 걸까. 스프링 사람들의 모습 하나하나를 관찰해서 이상하고 웃긴 모습을 다 적었다. 더듬을 때 구겨지는 얼굴과 흔들어 대는 팔다리. 후우, 소리를 내며 말하기 전에 호흡을 가다듬는 모습과 말이 생각나지 않는 척하면서 안 되는 말 앞에 아, 에, 음, 그러니까, 저기, 뭐지 같은 말을 덧붙이는 것도 다 써 놨다. 웃길 때면 웃기게 쓰고 기분이 나쁘면 기분 나쁘게 썼다. 그러다 문득 그들은 왜 더듬게 됐을까, 를 상상해 본 적이 있는데 그것을 쓰진 않았다. 아니, 쓸 수 없었다. 그들은 왜 어른이 될 때까지 말을 고치지 못하고 지금까지 말더듬이로 살고 있는 걸까? 생각하면 할수록 슬프고 기분이 나빠지는 상상이다. 며칠 전 처음 해 봤던 자신감 높이기 수업이 생각났다. 중랑천 근처 작은 공원에 둥글게 모여 서서 큰 목소리로 한마디씩 했다. 산책하는 사람들이 걸음을 멈추고 우리를 쳐다봤고 목줄이 풀린 개가 우리를 향해 짖기도 했다. 한 커플은 귓속말로 무엇인가 속삭이며 계속 웃었고 노인들은 근처 벤치에 앉아 묘한 표정으로 우리가 외치는 말을 다 들었다.

나는 더 이상 말하는 것을 두려워하지 않겠다.

원장은 외쳤고 우리는 따라 했다.

사사사람들의 시선에 시시신경 쓰지 않겠다.

용감 아저씨가 큰 소리로 외쳤고 우리는 따라 했고 산책하는 사람 몇몇이 웃었다.

모든 건 마음의 문제다.

이모가 작은 소리로 말했고 우리는 따라 했다.

말은 언어의 하인이니.

토스트가 외쳤고 우리는 따라 했고 우리를 지켜보던 할아버지도 따라 했다. 나는 우리 중 하나였지만 우리가 아니었다. 나는 입술만 움직였고 그 말을 따라 하지 못했다. 말을 더듬어서가 아니라 용기가 없었고 고개를 푹 숙이고 발만 보고 있었지만 사람들의 시선이 하나하나 다 느껴졌다. 내 차례가 됐고 나는 겨우 한마디했다.

힘내자.

말이 끝나자마자 사람들이 모두 큰 목소리로 내 말을 따라 해 줬다. 둥근 원 밖에서 하릴없이 빙빙 돌기만 하던 할머니는 내 말이 끝나자 웃으며 손뼉을 쳤다. 노트를 덮고 창밖을 바라봤다. 힘내자. 힘내자. 중얼거릴 때마다 마음이 이상하게 울렁거렸다.

내려야 할 정류장에서 내리지 않았다. 나는 창밖에 보이는 모든 글자를 읽기 시작했다. 하이는 혼자 걸을 때 이렇게 한다고 했다. 회피할 수도 없고 머뭇거릴 틈도 없이 반사적으로 읽을 수 있는 능력을 기르기 위해서다. 남들은 아무렇지도 않게 할 수 있는 걸 누군가는 필사적으로 노력해야 한다는 것이 슬프기도 하고 화가 나기도 했다. 버스가 시내를 통과하거나 속력을 낼 땐 입술을 더 빠르게 움직였다. 간판들과 표지판의 글자. 말을 고쳐 보려고 읽은 건 아니었고 가만히 있기가 답답했다. 가만히 있으면 엄마도 생각났고 엄마의 쓰레기도 생각났다. 다른 생각을 하려 고개를 저으면 하이와 노트가 제안한 복수가 생각났고 터무니없는 줄 알면서도 그렇게 하고 싶은 마음에 자꾸 심장이 뛰었다. 심호흡을 하고 다른 생각을 해야지 하는 순간 할머니가 생각났다. 할머니 아들의 마음과 그 아들을 다시 볼 수 없는 늙어 버린 엄마의 마음을 생각했다. 정리도 못 할 정도로 무차별적으로 떠오르는 생각과 이미지들을 어떻게든 사라지게 해야 했다. 창밖을 보다가 지치면 노트를 꺼내 빨간 글자를 읽었다. 혼자 조용히 말할 땐 이렇게 쉽게 되는데 왜 사람들 앞에만 서면 더듬이가 되는 걸까? 나 정말 좋아질 수 있을까? 원장의 말대로 정말 좋아진 걸까?

6

스탠드에 앉아 축구하는 머저리들을 지켜보는데 선행상이 다가와 내 곁에 앉았다. 하이의 노트에 적힌 복수의 방법을 생각하고 곱씹느라 주변 경계를 소홀히 하고 있었더니 그 틈을 타서 박애주의자가 비집고 들어온 것이다. 평소 같으면 멀리서 안짱다리 특유의 엉거주춤한 걸음만 보고도 도망갔을 것이다. 선행상은 내 손에 마음대로 핫바를 쥐어 주며 뭐 하고 있어? 라고 물었다. 나는 대꾸하지 않고 축구 골대에 시선을 고정했다. 선행상은 혼자 묻고 혼자 답하기 시작했다. 잊지 않고 중간중간 힘내라. 널 이해해. 힘들겠다. 같은 되도 않는 위로의 말을 덧붙였다. 친구가 되어 줄게. 라는 말은 도저히 참을 수가 없어 핫바를 집어 던지고 일어나려던 그때, 선행상이 국어에 대해 말했다. 처음엔 국어가 나에게 너무한다는 식으로 말을 시작했다가 나중엔 국어에 관한 고급 정보와 사생활로 이야기가 발전했다. 나는 몸을 틀어 눈을 반짝이며 흥미로워한다는 느낌을 전했고 선행상은 자신의 노력에 내 차가운 태도가 녹았다는 성취감에 빠져 목소리를 높였다. 불쌍한 애를 도와주면 착한 사람이 된다고 믿는 멍청이는 온갖 이야기를 들려줬다. 아무래도 상관없었다. 덕분에 국어가 선행상의 엄마와 같은 배드민턴 동호회라는 것을 알게 됐다. 나는 부드럽게 미소 지었고 응답하는 눈빛을 보냈다. 그 애는 신나 했다. 자신의 선행으로 내가 마음을 열고 있다고 믿는 모양이었다. 이제 서로의 공통점을 발견할 시간. 선행상이 물었다.

그런데 너는 무엇을 좋아해?

난 배드민턴을 좋아한다고 했고 그 애는 손뼉을 치며 자기도 좋아한다고 했다. 언제 같이 가자는 말에 나는 고개를 끄덕였다. 핫바는 맛있게 잘 먹었다.

사람들은 이상하다. 말을 못 하는 사람은 할 말도 없는 줄 안다. 표현을 안 하거나 어리숙하게 느껴지는 사람은 생각도 없고 아이큐도 낮다고 판단한다. 그러니까 옆에 있든, 듣고 있든, 상관하지 않는다. 선생도 날 못 보고 친구들도 날 못 본다. 무시하는 게 아니라 정말 내가 옆에 있다는 것을 모르는 것 같다. 가령 체육 시간에 피구나 발야구를 할 때 주장들이 한 명씩 지목해서 팀을 짤 때 마지막까지 서 있는 사람이 나다. 서운하거나 화가 나서 하는 말이 아니라 진짜 궁금하다. 진짜로 내가 보이지 않는 걸까? 심지어 나는 듣지도 못하고 기억도 못 하고 말도 못 하는 강아지나 은행나무 같은 것으로 여긴다. 내가 옆에 있는데도 비밀을 말하고 내가 듣고 있는데도 해서는 안 될 말을 한다. 바보들아. 나는 기억의 천재다. 세상의 모든 것을 다 알 순 없지만 들은 것은 절대 잊지 않는다. 나는 남들보다 더 많이 듣는다. 그래서 남들보다 더 많은 것을 알고 있고 기억하고 있다. 나는 더러운 가로수처럼 너희들 곁에 서 있지만 너희들이 한 말을 다 기억하고 있단 말이다. 누가 누구를 미워하는지, 누가 누구와 친해지고 싶어 하는지, 누가 누구를 속였는지, 말실수한 것들, 해서는 안 될 말들, 비밀이라고 누군가에게 말한 것들, 나는 식물처럼 꼼짝 않고 앉아 있지만 귀는 쫑긋쫑긋하다. 언젠가 이 지식을 다 사용할 거다. 복수해야 하는 사람에겐 복수를. 망하게 할 사람은 망하게 할 거다. 이런 내 마음을 아무도 모르겠지. 그들은 내가 뭘 할 수 있는지, 뭘 하려고 하는지 모르고, 관심도 없을 테니까. 말을 못 한다고 귀까지 어두운 줄 아는 바보들아. 나는 알아. 다 안다고. 언젠가 어떤 날에 누가 쏘는지도 모른 채 너희들은 저격당할 거다. 그때 생각하겠지. 수많은 사람들을 떠올려 보겠지. 그러나 끝끝내 내 얼굴은 떠올리지 못할 거다. 너희들에게 난 사람이 아니니까. 나중에 돈을 벌어야 하는 나이가 되면 흥신소 같은 곳에 취직해서 못된 녀석들 뒤통수치는 의미 있는 삶을 살 테다. 그런 생각을 하면 기분이 좋아졌다. 암튼 선행상도 내게 별말을 다 했다. 거의 다 쓸모없는 것들이지만 하나는 건졌다. 그동안 복수를 하고 싶어도 적절한 타이밍과 장소를 정할 수 없어 계획을 진행할 수가 없었는데 이제 알았다. 국어야 기다려. 복수의 문이 활짝 열렸으니까. 뒤통수 조심해. 나와 친구들이 비닐봉지 들고 다가갈 테니까.

'자기 이야기 시간'이 끝나고 강의실을 빠르게 빠져나가 옥상으로 향하는 계단에 앉아 있었다. 처음보다는 많이 나아졌지만 어쨌든 말을 더듬고 나면 마음이 상한다. 아무리 나와 비슷한 사람들 앞일지라도, 나를 이해하는 사람들이 괜찮아, 괜찮아, 말해 줘도 괜찮지 않다. 부끄러운 건 부끄러운 것. 수치는 여전히 수치일 뿐 다른 것이 될 수 없다. 차라리 벙어리가 되는 건 어떨까. 아예 장애인이 되어 버리는 건 어떨까. 그러니까 잘할 수도 있는 사람이 아닌, 극복할 수 있는 사람이 아닌, 그냥 말하는 것이 불가능한 사람이 되어 버리면, 차라리 편하지 않을까. 그러면 이런 기분도 겪지 않겠지. 장애인에게는 일단 사람들이 잘해 주니까. 아무리 나쁜 놈이라도 장애인을 놀리는 건 아무래도 어려울 테니까. 나라에서 돈도 주고 어디든 입장권도 할인해 주고 얼마나 좋아. 이렇게 노력하고 애만 써도 결국 말더듬이로 살 수밖에 없다면? 1급 더듬이에서 2급 더듬이가 되는 것뿐이라면? 이런저런 심란한 생각으로 머리에 쥐가 날 것 같았다. 옥상에 올라갔더니 원장이 담배를 피우고 있었다. 원장은 나를 발견하고 담배를 바닥에 버리고 발로 밟았다. 나는 못 본 척 원장과 몇 걸음 떨어진 곳에 서서 우중충한 하늘을 바라봤다. 오늘 오전부터 폭설이 쏟아진다고 했는데 오후가 다 가는 시간까지 먹구름만 가득하고 눈은 내리지 않았다. 원장이 곁에 다가와 내 뒤통수를 만지며 말했다.

괜찮지?

나는 아무 대꾸도 하지 않고 고개를 살짝 흔들어 원장의 손을 털어 냈다.

워워원장님은 이제 말 안 더듬어요?

원장은 고개를 끄덕였다.

다 고쳐졌어요?

음, 소리를 내며 원장은 한참 뜸을 들이다가 인자한 미소를 지었다.

내가 이야기 하나 해 줄까? 북쪽 세계의 끝, 얼음의 나라가 있었어.

알아요.

아, 그래. 누가 벌써 해 줬나?

고고쳐졌냐고요.

99퍼센트 고쳐졌지.

1퍼센트는 뭐냐고 물었고 원장은 한동안 말없이 하늘만 바라봤다. 얼굴에서 조금씩 미소가 사라지고 있었다. 원장은 담배를 꺼내 입에 물고 불을 붙였다. 괜찮냐는 의미로 내 눈을 봤고 나는 괜찮다는 의미로 고개를 끄덕여 줬다.

마지막 한 조각 빼곤 다 고쳤지. 이상하게 편한 사람. 더듬는 모습이 전혀 부끄럽지 않은 사람 앞에서는 더듬어. 노력하지 않아도 되니까. 더듬는 모습 그대로도 괜찮으니까. 아마 무의식조차 아무 노력도 안 하고 자연스럽게 말하고 싶나 봐. 아! 24번은 무의식이 뭔지 알아?

알아요.

그리고…… 더듬지 않는 평범한 사람들도 안 더듬는 건 아니야. 말을 잘하는 것도 아니고, 하고 싶은 말 다 하는 것도 아니야. 다들 어느 정도 말더듬이들이야. 우리는 보기에 조금 튀는 거고. 너도 나중에 더듬지 않게 되면 알게 될 거다.

원장은 하늘을 향해 연기를 길게 내뿜었다. 담배 연기가 유독 두껍고 통통하게 보였다. 내가 연기를 멍하게 보고 있자 원장이 담배를 내게 내밀었다.

피워 볼래?

나는 아무렇지 않게 원장의 손에서 담배를 받아 들고 입에 물었다. 머뭇거리지도 않고 담배를 받아 들자 원장은 당황한 듯 보였다. 나는 담배를 쭉 빨았다. 기침이 났다. 원장은 내 손에서 담배를 빼앗아 바닥에 버리고 구두로 비볐다. 그럴 줄 알았다는 눈으로 웃으며 등을 두드려 준 뒤 먼저 내려갔다. 사실 기침은 억지로 한 거다. 어른들은 그래야 재밌어 하니까. 오랜만에 담배 연기가 몸에 들어와서인지 살짝 머리가 아팠다. 처음 담배를 피웠을 땐 아무리 노력해도 담배에 불이 붙지 않았다. 그때 엄마의 애인들 중 최악이었던 그 새끼가 등 뒤에서 다가와 큭큭 소리를 내며 웃었다.

멍청아. 빨면서 해야 해.

그가 내 손에서 라이터를 빼앗아 불을 붙였고 나는 불꽃에 담배를 대고 쭉 빨았다. 연기가 목구멍에 들어오자마자 숨이 막혔다. 너무 매웠고 머리가 깨질 듯 아팠다. 나는 침까지 흘려 가며 기침을 했는데 그가 내 손에서 담배를 빼앗아 입에 물고 내 등을 두드려 줬다. 그것이 그가 내게 해 준 유일한 착한 일이었는데 지금도 그때가 종종 생각난다. 그 새끼가 엄마를 많이 때리고 때로는 나까지 때렸는데도 한 번 잘해 준 일 때문에 어쩌다 안부가 궁금하고 보고 싶다는 느낌이 들 때가 있다. 그때마다 나는 하늘을 향해 연기를 뿜듯 길게 숨을 내쉬고 할 수 있는 모든 욕을 했다. 그런데 그 새끼가 다시 돌아올 줄이야. 눈이 내리기 시작했다. 크고 통통한 눈송이가 느리게 떨어져 옥상과 내 손등에 소리도 없이 내려앉았다. 나는 차가운 허공을 향해 입김을 내뿜었다. 담배 연기 같은 하얀 연기가 허공에 생겼다가 금방 사라졌다. 그때 누군가 내 등을 강하게 때렸다. 너무 아파 소리를 지르고 말았다. 등 뒤엔 할머니가 무서운 눈으로 나를 노려보며 서 있었다.

못된 놈이 못된 짓만 골라서 하네. 담배 피우지 마. 이놈 새끼야!

탁구장에 왔다. 시도 때도 없이 탁구장 가자고 소리를 지르는 핑퐁의 부탁을 들어주기로 한 것이다. 핑퐁은 3개월 전에도 핑퐁이었는데 저번 달도 핑퐁이고 이번 달도 핑퐁이다. 탁구 치고 싶다는 말과 무슨 말인지도 모르게 횡설수설하는 것 외에는 딱히 하는 말도 없고 특별한 변화도 없다. 핑퐁은 스무 살 어른인데 하는 짓은 열네 살인 나보다 어린 것 같다. 상황 파악 못 하고 분위기 파악도 못 하고 할 말 안 할 말 구분도 잘 못 한다. 하고 싶은 게 있거나 하고 싶은 말이 있으면 무조건 해야지 직성이 풀리는 영락없는 애다. 평소 같으면 못 들은 척했을 텐데 신사 같은 이모가 오늘은 핑퐁 소원 좀 들어주자고 했고 다들 싫지 않은 반응을 보였다. 나는 탁구를 쳐 본 적이 없다. 그래서 당연히 탁구장엔 안 갈 생각이었다. 하기 싫은 걸 억지로 하는 것도 싫지만 못하는 걸 하면서 바보처럼 보이는 것도 딱 질색이다. 집으로 가려는 날 노트와 하이가 붙잡았다. 오늘은 기필코 복수 계획을 구체적으로 세워 보자는 게 이유였다. 다음에 하자고 했더니 막상 복수를 하려고 생각하니 마음이 약해진 거냐, 두려워서 그러냐, 도망치는 거냐, 그랬다. 나는 고개를 저었다. 노트는 강경했다.

안 돼. 오늘이어야 해. 더 미룰 수 없어.

의자에 앉아 탁구 치는 사람들을 봤다. 핑, 퐁, 핑, 퐁, 하얀 공이 작은 테이블을 왔다 갔다 하는 모습을 멍하게 봤다. 멋있었다. 근사했다. 티브이에서 탁구 경기를 봤을 때는 이상했다. 다 큰 어른들이 작은 테이블에 달라붙어 부채 같은 걸 들고 춤추듯 살짝살짝 움직이는 게 어딘지 모르게 지질하고 좀스러워 보였다. 운동경기란 자고로 테니스처럼 시원시원하거나 배드민턴처럼 멋지게 점프도 좀 하고 그래야 하는 거 아닐까? 그에 비해 탁구는 유치원생들의 경기처럼 보였다. 그런데 아니었다. 핑퐁과 용감 아저씨의 경기는 흥미진진했다. 날카로운 눈으로 공을 노려보며 섬세하게, 때론 강하게, 라켓을 휘두르는 모습이 꼭 칼싸움을 하는 기사들 같았다. 팽팽한 긴장감이 느껴졌고 호흡할 때마다 힘과 에너지가 넘쳤다. 평소엔 나사가 풀린 것처럼 보이던 핑퐁은 탁구를 칠 때 눈빛이 달라졌다. 진짜 스무 살 어른처럼. 용감 아저씨는 평소 열정이 넘치는 스타일답게 탁구도 시원시원하게 쳤다. 허공에서 붕붕 소리가 날 정도로 강하게 라켓을 휘둘렀고 공은 빠르고 정확하게 반대편 테이블로 넘겼다. 핑퐁도 만만치 않았다. 강하게 날아오는 공을 아슬아슬하게 받아 내면서 동시에 회전을 강하게 먹였다. 네트를 살짝 넘어가는 힘없어 보이는 공이 테이블에 닿자마자 꿈틀거리며 뱀처럼 움직였다. 나는 탁구공을 손에 쥐고 이리저리 만져 봤다. 묘했다. 가볍고 텅 빈 하얀 공은 비눗방울을 얼려 놓은 것 같았다. 이모는 내 옆에 앉아 경기 중계를 해 줬다.

아들. 저건 스매싱이라고 하는 거야. 저건 백핸드 드라이브고. 방금은 커트. 아! 지금처럼 끝에 맞은 건 에지라고 해. 행운의 득점이라고 할 수 있지. 자, 라켓 한번 쥐어 봐.

이모는 두 종류의 라켓을 보여 줬고 둘 중 하나를 골라 보라고 했다. 하나는 공격에 유리하고 주걱처럼 둥글고 평평한 라켓은 방어에 능하다고 했다. 나는 주걱을 골랐다.

음, 이건 셰이크핸드야. 초보자들이 잡기 가장 좋은 라켓이면서 동시에 세계적인 선수들도 선호하는 라켓이야. 이상하게 도 탁구는 공격적으로 날리는 선수보다 셰이크핸드를 쥐고 방어하면서 경기하는 선수들이 더 많이 승리해. 세계적인 선수들도 대부분 셰이크핸드고. 어, 잘 새겨들어. 잘 방어하는 것, 공격하지 않더라도 일단 부드럽게 넘기는 것, 그게 중요한 거야. 계속 잘 방어하는 건 공격보다 훨씬 강한 공격이거든.

경기는 15 대 13으로 용감 아저씨가 이겼다. 핑퐁은 분이 풀리지 않는 듯 씩씩거렸다. 이모는 수고했다고 핑퐁의 어깨를 두드려 준 뒤 핑퐁에게서 라켓을 넘겨받았다. 이모는 엄청난 실력자였다. 용감 아저씨가 아무리 강하게 스매싱을 날려도 다 받아 냈고 빈 곳을 향해 살짝 손목만 돌렸는데도 공은 정확하게 용감 아저씨가 받을 수 없는 방향으로 날아가 꽂혔다. 편안한 표정으로 맞은편 테이블로 훽 쳐서 넘기는데 정말 끝내줬다. 이모는 정말 최고다. 탁구까지 잘할 줄이야. 그렇지 않아도 이모가 좋은데 멋지기까지 했다. 이모가 득점할 때마다 가슴이 뛰었다. 늘 우습게만 봤던 용감 아저씨도 지금 이 순간은 멋져 보였다. 몸을 웅크리고 조심스럽게 공을 받아 넘기는 폼과 허공의 탁구공을 향해 쭉 뻗어 휘두르는 팔의 움직임이 화끈했다. 입속의 혀를 탁구공처럼 둥글게 말았다. 그리고 상상했다. 탁구공처럼 가벼웠으면. 탁구공처럼 시원하게 날아갔으면. 말도 저렇게 시원하게 나오면 얼마나 좋을까.

혀끝에 탁 맞고 상대방을 향해 쭉 날아가는 가볍고 단단한 단어들.

하이는 기타 케이스에서 종이를 꺼내 빈 탁구대 위에 펼쳤다. 다 펼친 크기가 달력 정도 되는 커다란 종이에 복수 계획이 적혀 있었다. 며칠 전 선행상에게 들은 정보가 더해져 복수의 장소는 배드민턴 코트가 있는 시민 체육관 주차장으로 결정됐다. 계획은 단계별로 세분화되었고 체육관이나 화장실 그리고 주차장과 자동차를 표현한 그림이 꼼꼼하게 그려져 있었다. 노트는 나와 하이를 번갈아 쳐다보며 한 단계씩 시뮬레이션했다.

너희들 뭐 하, 뭐 하, 뭐 하냐?

깜짝 놀라 뒤를 돌아보니 뿔테 안경 너머 음흉한 눈을 반짝이는 토스트가 서 있었다. 노트는 손으로 종이를 가렸다.

아무것도 아니에요.

토스트는 항상 관찰하는 눈으로 사람들을 쳐다보곤 하는데 그게 기분이 나쁠 때가 있다. 언젠가 일기를 쓰는 모습을 보고 엄마가 말했다.

할 일 없이 일기 같은 걸 쓰면 나중에 글쟁이가 된다. 그런 사람들은 세상에 불만이 많고 허황된 생각만 하고 살아. 현실 감각도 없고 생활력도 없어서 굶어 죽기 딱 좋은 인생이 되는 거지.

토스트가 그런 사람처럼 보였다. 토스트는 노트의 손등을 찰싹 때리고 종이를 쫙 펴 메모를 유심히 살펴보더니 웃기 시작했다. 비웃는 듯한 눈으로 우리들을 깔보면서 하이의 정수리와 내 뒤통수를 기분 나쁘게 쓰다듬기까지 했다.

아이들아. 이건 개연, 개연, 개연성이 없어. 아, 개연성이 뭐냐면, 첫째, 이 생각이 현실화될 수 있을 있을 것인가, 둘둘둘째, 가능성, 가능성이 있는가, 이걸 따져 봐야 해. 결론은 너희들의 복수, 복수 계획은 가능성이 없어. 제로야, 제로.

화가 났지만 듣고 보니 토스트의 말은 일리가 있었다. 우선 검은 비닐봉지부터 문제라고 했다. 뒤에서 씌울 수는 있지만 성인 남자면 비닐봉지 정도는 금방 찢을 수 있다고 했다. 발을 걸면 쓰러진다는 말에도 웃었고 쓰러질 때 급소를 중심으로 때리면 저항하지 못할 것이라는 예상에는 큭큭 소리를 내며 웃었다. 그리고 손과 발을 묶는 것도 불가능하다고 했다. 누가 그런 위급 상황에 공손하게 팔과 다리를 포개어 주냐는 것이었다. 한번 해 보라며 토스트는 소파에 앉아 팔과 다리를 버둥거렸다. 하이가 손을 잡아 보려고 애를 쓰다가 휘두르는 주먹에 이마를 얻어맞았다. 그래도 케이블 타이를 사용하려고 한 점은 좋았다고 했다. 그러나 케이블 타이에 손발이 묶이는 것은 국어 선생이 아닐 거라고 했다. 우리의 계획이 개연성이 없고 설득력이 떨어진다는 그 말에 우리는 도리어 설득이 됐다. 딱히 반박을 못 하고 참담한 마음으로 가만히 종이를 노려보기만 하던 노트가 말했다.

그럼 뭘 어떻게 해야 해요?

누군가에게 상처를, 상처를, 상처를 주려면 말이야. 아무데나 공격, 공격해서는 안 돼. 가장 약한, 약한 부분, 아킬레스건을 찾아야지. 국어 선생에 대한, 대한 모든 걸 이야기해 줘.

나는 알고 있는 걸 말했다. 키, 체격, 말투, 걸음걸이, 타고 다니는 자동차, 확인은 해 보지 않았지만 살고 있다는 아파트와 핸드폰 번호 같은 걸 말해 줬다. 그리고 선행상이 알려 준 것들도 말했다. 배드민턴 동호회에서 활발하게 활동하고 있고 총무를 맡고 있다는 것까지.

그런데 네 친구는 친구는 친구는 그걸 어떻게 알고 알고 있지?

선행상 엄마도 같은 동호회 활동을 하고 있다고 했다. 가끔 엄마가 차를 놓고 가면 국어 선생님이 차로 집까지 데려다주곤 했다고. 그 순간 토스트는 딱, 소리를 내며 손가락을 튕겼다.

오케이. 거기. 느낌이 느낌이 왔어.

나는 토스트가 어디에서 어떤 느낌이 왔는지 알 수가 없었지만 노트는 충격을 받은 듯 보였다. 토스트는 어려운 말을 하기 시작했다. 이야기에서 가장 중요한 점은 인과라고 했다. 가령 사건 A는 그냥 생기는 것이 아니라 어떤 이유 때문에 만들어지는 것이라고 했다. 누가 누굴 때렸다면 그냥 때린 게 아니라 다 이유가 있어서라고 했다. 누가 누구와 친하게 지내는 것도, 누가 누구의 눈치를 보는 것도, 누가 누구를 죽이고 싶어 하는 것도 다 이유가 있다고.

그러니까 일단 국어 선생과 친구, 친구 엄마 두 사람이 함께, 함께, 함께 있는 사진 한 장만 찍어.

토스트는 의미심장한 얼굴로 잠시 뜸을 들이더니 내 어깨에 팔을 두르고 말했다.

사진을 보면 국어 선생 선생이 스스로 알려 줄 거야. 그게 그게 그게 아킬레스건인지 아닌지.

7

새해다. 새로운 세기의 첫날이다. 날짜의 앞부분이 1999에서 2000이 됐다. 새로운 느낌보다는 크고 뚱뚱해졌다는 느낌이 드는 새해다. 밀레니엄이란 말을 하도 들어서 도대체 밀레니엄 시대엔 뭐 얼마나 달라지나 보자 싶은 마음으로 1월 1일을 기다렸는데 허무했다. 아무 일도 일어나지 않았다. 나는 여전히 말더듬이다. 20세기에도 더듬었는데 21세기에도 더듬을 예정이었다. 실망스러울 정도로 허탈했다. 우려했던 대란은 일어나지 않았고 자동차는 하늘을 날지 않았다. 외계인이나 UFO도 지구에 오지 않았고 해도 달도 떨어지지 않았다. 자기만 믿으라고 노트가 말했지만 국어에게 결국 복수하지 못

했다. 가을에서 겨울이 됐고 열넷에서 열다섯이 됐지만 여전히 나는 말더듬이다. 믿었던 노스트라다무스도 결국 사기꾼이었다. 믿을 사람 하나도 없다더니, 그렇게 멋있는 이름으로 자기가 죽어서도 온 인류가 기다릴 거짓말을 할 줄이야. 믿은 내가 바보다. 역시 나이 든 사람은 옛날이나 지금이나 거짓말쟁이다. 그의 이름을 딴 학습지도 꼴 보기 싫어 폐지 상자에 던져 버렸다. 나는 멍한 기분으로 잔설이 쌓인 바깥을 우두커니 바라보다가 밖에 나가는 엄마에게 말했다.

어어엄마 새해 복 많이 받으세요.

엄마는 문고리에 손을 올린 채 고개를 돌려 찬찬히 나를 봤다. 오랜만이었다. 약 기운도 없고 술기운도 없는 엄마의 맑은 눈동자는. 엄마는 몸을 돌려 두 손을 쭉 뻗었다. 나는 느리게 걸어 엄마를 껴안았다. 엄마가 귓가에 속삭였다.

우리 아들도 복 많이 받아라. 사랑하는 내 새끼, 불쌍한 내 새끼.

엄마는 내 손에 1만 원을 쥐여 주고 밖으로 나갔다. 안방에서 엄마의 애인이 잠이 묻은 목소리로 말했다.

새 천년이 밝아서 그런가 이제 말하네. 이리 와 봐.

무시하고 방으로 들어갔더니 이리 와 봐, 라는 말을 스무 번도 넘게 했다. 나중엔 이리 와 봐, 라는 말에 멜로디를 붙여 노래를 불렀다. 안방 문을 열고 문턱에 서서 남자를 봤다. 그는 모래 속에 파묻힌 사람처럼 얼굴만 내밀고 빙긋이 웃고 있었다.

가까이 와.

가까이 갔다.

야, 넌 왜 날 그렇게 싫어하냐? 옛날에 몇 대 때려서?

한 발 뒤로 물러섰다.

그건 오래전 일이고 미안하다고 했잖아. 사과를 했으면 받아 줘야지. 안 그래?

남자가 말할 때마다 희미하게 담배 냄새가 번졌고 물에 젖듯 기분이 점점 무거워졌다.

그래도 내가 어른인데 무시하고 말도 안 하고……. 그럼 내가 쪽팔리고 슬프지 않겠냐? 엉?

발끝만 보던 눈을 서서히 들어 남자를 봤다. 남자가 나를 보고 있었다. 장난스러운 저 눈이 어떻게 변할지 몰라 나는 긴장했다. 남자는 한참 그렇게 말도 없이 나를 보고만 있다가 한숨을 내쉬었다.

아, 배고프다. 배 안 고파?

고개를 저었다.

그래? 나는 고픈데. 우리 뭐 좀 먹을까? 너 뭐 좋아하냐? 내가 사 줄게. 치킨? 피자? 족발?

가만히 있었다.

하아, 이 새끼. 말 진짜 안 하네.

표정에서 서서히 사라지는 웃음기. 때리면 나도 때릴 거다. 속으로 백 번도 넘게 다짐했다. 주먹까지 꽉 쥐었다.

남자는 이불 속에서 꿈틀꿈틀 움직이더니 1만 원짜리 두 장을 꺼냈다.

나 배고프니까 너 먹고 싶은 거 사 와. 난 다 잘 먹으니까 상관없어. 담배도 한 갑 사 오고.

나는 주먹을 펴고 돈을 받아 들었다.

야, 근데 나 궁금한 게 있는데 넌 진짜 왜 말을 안 하냐? 잘 못 해서 그래? 더듬어서?

엄마가 준 돈과 남자가 준 돈을 합쳐 바지 주머니에 집어 넣었다.

야야, 너 말 잘하라고 엄마가 학원 보낸다며. 그러면 좀 효과가 있어야지. 그거 학원비 엄청 비싸. 알아? 엄청 비싸다고. 네 엄마가 뼈 빠지게 일한 피 같은 돈을 처부었으면 너도 노력을 해야 할 거 아니야. 아니야? 넌 네 엄마가 불쌍하지도 않냐?

호주머니에 손을 넣었다. 주머니 속 내 손은, 3만 원을 움켜쥐고 있는 내 손은 뜨거워졌다가 다시 차가워졌다. 손에 땀이 났고 어째서인지 턱이 덜덜 떨렸다. 난 진짜 네 엄마가 불쌍해 죽겠다, 불쌍해 죽겠어, 라고 중얼거리며 리모컨을 눌러 티브이를 켜는 남자의 얼굴을 발로 밟고 싶었다. 그런데 또 눈물은 나려고 했고 마음이 복잡하게 일렁거려 현기증이 났다. 나는 아무 말도 하지 않고 옷을 껴입고 밖으로 나갔다. 문을 닫기 직전 등 뒤에서 남자가 말했다.

빨리 와. 배고파 돌아가시기 전에.

주변을 둘러봤다. 왼쪽으로 기우뚱하게 걷는 할머니가 리어카를 끌고 갔다. 지저분한 똥개 두 마리가 바닥에 코를 대고 힘없이 걸어 다녔고 이름 모를 새들이 전깃줄에 앉아 있었다. 햇빛이 들지 않은 골목엔 눈이 많이 쌓였고 눈이 녹은 아스팔트는 더 검게 보였다. 오르막길엔 누군가 찢어 놓은 종이 상자와 연탄재가 까만 얼음을 덮고 있었지만 얼음은 빛을 반사하며 계속 반짝거렸다. 새 천년이 밝았다면서. 2000년이 뭐 이래. 변한 게 없잖아. 더럽고 초라해. 거지 같은 건 여전히 거지 같고. 치킨 가게, 피자 가게, 족발을 파는 가게가 있는 거리 쪽으로 걷지 않고 버스 정류장 쪽으로 방향을 틀었다. 걷고 또 걸었다. 걷는 동안 아무 생각도 안 했고 아무 생각도 안 났다. 얼마나 걸었는지 모르겠지만 등에 땀이 났고 숨이 찼다. 어느새 나는 스프링 언어 교정원 앞에 서 있었다.

쉬는 날인데 스프링엔 사람들이 있었다. 원장실에 원장이 있었고 강의실 A엔 할머니가, 강의실 B엔 용감 아저씨가 있었다. 할머니는 나를 보고 미소를 지었다. 아무리 봐도 할머니는 약간 머리가 이상하다. 어느 순간부터는 내가 할머니의 잃어버린 아들이라고 굳게 믿고 있다. 의도치 않게 불쌍한 할머니를 놀리는 건 아닐까 싶어 사실대로 말하려 했지만 무엇이 옳은지 헷갈렸다. 불행해지는 진실과 행복해지는 거짓말 중 무엇이 더 좋은 걸까? 할머니가 또 계피 맛 사탕을 줬다. 나는 할머니가 보는 앞에서 껍질을 까서 알맹이를 입에 넣었다. 할머니는 세상 흡족한 표정으로 고개를 끄덕거렸다. 뭐, 행복하면 됐지. 진실이 무슨 소용이겠어. 용감 아저씨는 의자에 앉아 책을 읽고 있었는데 내가 강의실에 들어오자 놀란 눈치였다. 왜 1월 1일에 스프링에 나왔냐는 질문에 집에 있기가 싫었다고 답했다. 그러는 아저씨는 왜 1월 1일에 스프링에 나왔냐고 물었더니 아저씨는 집에 있기가 어렵다고 했다. 나는 잠시 싫다는 것과 어렵다는 것에 대해 생각했고 둘 중 무엇이 더 힘들지 생각해 봤다. 아저씨는 더듬더듬 말했다. 장모님이 집에 오셨는데 불편하고 힘들다고 했다. 장모님은 자기를 좋아하지 않는다고 했다. 좋아하지 않더라도 시간이 지나면 자기를 좋아하게 될 거라고 믿었는데 지금은 좋아하지 않는 걸 넘어 싫어하고 증오하는 것 같다고 했다. 그래서 집에 있을 수 없었다고 했다. 항상 지나칠 정도로 의욕이 넘치던 용감 아저씨는 오늘은 용감해 보이지 않았다. 잔뜩 주눅 든 겁쟁이 같았다. 나는 집에 있는 사람들을 좋아하지 않는다고 했다. 아니, 싫어한다고 했다. 그중 하나를 엄청나게 증오하고 있다고 했다. 그들이 집에서 도통 나가지 않아 그냥 내가 집을 나왔다고 했다. 증오라고? 용감 아저씨는 뭘 그렇게까지 누군가를 미워하냐고, 그러면 안 된다고 했지만 방금 자기가 한 말이라는 걸 깨닫고 어색하게 웃으며 내 머리를 쓰다듬어 줬다.

다른 사람이 한 말을 말을 묘하게 바꿔서 말하는 재주가 있네.

살면서 말과 관련된 칭찬을 받은 게 처음이라 기분이 이상했다. 나는 아저씨도 그렇게 재미없는 편은 아니라고 했다. 재미있다고 말해 주고 싶었지만 아무리 생각해도 그건 아니었고 그렇게 말하면 도리어 상처를 받을 것 같았다. 용감 아저씨가 말했다.

꼭 말을 말을 고쳐. 아저씨 나이 될 때까지 더듬지 더듬지 더듬지 말고.

아저씨는 그 나이 될 때까지 뭐 하다가 지금 스프링에 있냐고 물었다. 아저씨는 바지 뒷주머니에서 지갑을 꺼내 사진 한 장을 보여 줬다. 분수대를 배경으로 아저씨의 어깨에 올라타 환하게 웃고 있는 여자아이가 있었다. 하얗고 작은 앞니 두 개 때문에 다람쥐를 닮아 보였다.

내 딸 연서. 사랑 사랑 연. 편지 서. 사랑의 편지.

아저씨는 사진에 뽀뽀를 하고 한 번도 본 적 없는 표정으로 웃었다. 너무 행복해 보이기도 하고 너무 슬퍼 보이기도 한 이상한 웃음이었다.

얘가 네 살인데 말을 말을 말을 더듬어. 나를, 나를 닮아서. 그래서 고쳐야겠다고 생각했지. 내가, 내가 더듬지 않아야, 연서 연서도 안 더듬을 테니까.

아저씨는 이상한 생각을 갖고 있었다. 어릴 때 친구들에게 놀림받고 괴롭힘당하며 살았는데 그게 마음을 강하게 해 준 것도 있고 때론 교훈을 얻은 것도 있다고 했다. 자신은 이런 결점이 자기에게 있는 걸 감사하게 생각한다고 했다. 하지만 딸은 아니라고, 더듬으면 절대 안 된다고 했다. 싫으면 싫은 거지, 거기에서 무슨 교훈을 얻는다는 걸까. 그렇게 감사하면 딸도 말을 더듬게 내버려 두면 되잖아. 물론 이렇게 말하진 않았다. 아무 말도 하지 않고 그냥 고개만 끄덕였다. 아저씨는 금방이라도 눈물을 쏟을 것 같은 그렁그렁한 눈으로 사진에 뽀뽀를 했다. 다 큰 어른이 울면 안 된다는 말은 괜히 나온 말이 아니다. 웅크리고 사진을 보는 모습이 거북이 같았다. 그렇지 않아도 아저씨는 평소에 구부정하게 걷는다. 가방이 없는데도 가방을 메고 있는 것 같았다. 나는 아저씨 등을 탁, 때렸다. 아저씨는 반사적으로 허리를 꼿꼿이 펴며 왜 그러냐는 눈으로 날 봤다. 나는 말했다.

허허, 리 좀 펴요.

그때 강의실 문이 열렸다. 할머니가 왼손으로 강의실 문을 잡고 말도 없이 오른손을 흔들었다. 강아지나 고양이에게 하듯 이쪽으로 와라, 줄 게 있단다, 하는 손짓이었다.

우리는 원장실 탁자에 둘러앉아 할머니가 만든 떡국을 먹었다. 뽀얀 국물에 계란 지단과 김이 예쁘게 얹혀 있었다. 원장은 회원 명부를 탁자에 펼쳐 놓고 뭔가를 체크해 가면서 떡국을 먹었고 용감 아저씨는 숟가락을 움직일 때마다 떡국에 대한 칭찬을 늘어놓았는데 듣고 있기 민망할 정도였다. 천상의 맛입니다. 고향의 맛이에요. 눈물이 날 것 같네요. 죽은 자도 일으키는 맛이에요. 할머니 떡국은 뭔가 다르네요. 할머니는 용감 아저씨의 말이 전혀 들리지 않는 듯 아무 반응도 하지 않았다. 대신 부담스러울 정도로 흐뭇한 미소를 지으며 나를 바라보았다. 나는 굴을 못 먹는다. 굴은 생긴 것부터 마음에 안 들고 아무리 싱싱하다고 해도 다 상한 것처럼 보인다. 굴이 들어간 음식은 혀끝만 닿아도 비린 맛이 나서 먹을 수가 없다. 그런데 할머니가 만든 떡국엔 굴이 들어가 있었다. 굴이 무슨 엄청난 보약이라도 되는 듯 내 그릇에만 티나게 많이 들어가 있었다. 굴 하나에 떡 하나일 정도였으니까.

나는 살살 굴을 골라내며 떡만 떠서 겨우겨우 입에 넣었다. 굴 맛이 나서 힘들었으나 할머니를 실망시키고 싶지 않은 마음에 꿀떡 삼켰다. 할머니가 숟가락이 내 입에 들어갈 때마다 입술을 씰룩거리며 웃었다. 옆에 다가와 젓가락으로 굴을 집어 숟가락에 올려 줬다. 미칠 노릇이었다. 굴 맛이 나는 국물도 못 먹겠는데 이 미끄덩거리는 괴기한 것을 입에 넣어야 한다니. 심지어 삼켜야 한다고? 생각만 해도 소름이 돋았다. 나는 잠깐이지만 엄청나게 고민했다. 그리고 숟가락을 입에 넣고 삼켰다. 비위가 상했지만, 그래서 토할 것 같았지만 참고 또 참으며 억지로 더 많이 빨리 굴을 먹었다. 그런데 먹다 보니 먹을 만했다. 어쩌다 입안에서 굴이 씹혔는데 고소했고 쫀득쫀득한 식감도 나쁘지 않았다. 원장이 할머니와 나를 번갈아 쳐다보며 묘하게 웃으며 말했다.

드드, 드디어 아들 찾으셨나 보네.

할머니는 흐뭇한 미소를 지으며 내 머리를 쓰다듬었다. 원장은 물끄러미 내 쪽을 바라봤다. 이상한 시선이었다. 나도 아니고 할머니도 아닌 정확히 말하면 내 머리에 올려진 할머니의 손을 보고 있었다. 원장의 묘한 표정이 익숙하다. 엄마가 나를 볼 때의 표정이다. 원장이 미소를 지으며 말했다.

밀레니엄인데 다들 복들 많이 받으시고. 그나저나 24번, 이제 열다섯이네. 다 컸네, 다 컸어.

용감 아저씨도 집으로 돌아가고 나도 집으로 돌아가야 할 시간이 됐다. 어두워졌고 게다가 오늘은 쉬는 날이고 무려 2000년의 첫날이었다. 그런데 나는 집에 가기 싫었다. 괜히 책꽂이의 책을 꺼내 뒤적거리며 읽는 척을 했고 말하기 연습을 하고 또 했다. 원장이 캔 콜라 하나를 따서 한 모금 마시고 남은 걸 내게 줬다.

집에 안 가?

가요.

콜라를 한 모금 더 마시고 말했다.

지지, 집에 가기 싫어요.

왜? 엄마가 싫어서?

고개를 저었다.

아빠가 싫어서?

아빠 없어요.

원장은 의자를 빼고 자리에 앉았다. 그리고 벽에 걸린 시계를 봤다. 그냥 계속 그렇게 보고 있으니 나도 시계를 봤다. 7시 5분 전이었다.

너 시계 볼 줄 알아?

무슨 말인가 싶어 원장을 빤히 봤다. 원장의 표정이 어두워졌다.

시계 말이야, 사람들은 저걸 어떻게 저렇게 잘 보는 걸까?

넌 저게 이해가 가?

휴지로 창틀을 닦던 할머니가 휴지를 동그랗게 말아 손에 쥐고 강의실을 빠져나갔다. 원장은 검지로 시계를 가리켰다.

작은 바늘이 시잖아. 큰 바늘이 분이고. 얇고 긴 붉은 바늘은 초.

원장 머리가 갑자기 어떻게 된 걸까? 설마 중학교 2학년에게 시계 보는 법을 알려 주려고?

작은 바늘이 1에 있으면 한 시. 2에 있으면 두 시야. 그런데 긴 바늘이 1에 있으면 5분이야. 어릴 때 난 작은 바늘은 대충 이해됐는데 긴 바늘이 이해가 안 됐어. 왜 1인데 5지? 그리고 왜 시는 한 시 두 시 세 시 네 시라고 하면서 분은 1분 2분 3분 4분이라고 하는 거지? 넌 이게 이해가 돼? 왜 한 시 한 분이라고 하거나 1시 1분이라고 하지 않고 그렇게 헷갈리게 사용하는 거냐고. 이 복잡한 법칙을 남들은 어떻게 그렇게 잘 이해하고 받아들이는 걸까?

그걸 어려워하는 원장이 바보처럼 느껴졌지만 왜 다섯 시 다섯 분 혹은 5시 5분이라고 안 하고 다섯 시 5분이라고 하는지, 이상하다고는 생각했다. 원장이 말했다.

어쨌든 난 열 살이 되고도 시계를 보지 못했어. 어느 날 아버지가 술이 덜 깬 목소리로 동네 철물점에서 콘크리트 못을 사 오라고 심부름을 시켰어. 그리고 하품을 하며 물었지. 근데 지금 몇 시야? 난 시계를 쳐다보기만 할 뿐 대답을 못 했어. 아버지는 몇 번 더 물어보더니 이불을 걷어차고 흥미롭다는 표정으로 벌떡 일어나더라. 너 시계를 못 봐? 정말? 이렇게 물어보면서. 아버지는 벽에서 시계를 떼서 바닥에 놓고 시간 보는 법을 알려 줬어. 나는 이해하지 못했지. 처음에는 웃다가 나중에는 표정에서 웃음기가 서서히 사라지더라. 다섯 번쯤 알려 줬을까? 갑자기 소리를 지르며 이 밥통 같은 새끼! 하고 화를 내는 거야. 나는 힘들고 어렵게 헷갈리는 것, 이해되지 않는 점을 말했어. 처음에는 알려 주려고 노력하더니 자기도 잘 설명을 못 하겠는지 왜 그런 걸 궁금해하냐고 또 화를 내더라. 그리고 내가 더듬기까지 하자 시계를 발로 차 버렸어. 밥통 같은 놈 때문에 속이 터진다고. 누굴 닮아서 이렇게 모자라느냐고 주먹으로 내 뒤통수를 몇 번이나 때렸어. 때리는 소리, 맞아서 우는 내 울음소리, 들렸을 텐데……. 엄마는 계속 양파만 썰더라.

원장의 눈에서 잠깐 무서운 그림자가 스쳐 지나갔다. 그 기운이 너무 날카로워 나까지 긴장이 됐다. 원장은 남은 콜라를 마저 마시며 말했다.

이런 이야기를 왜 하는지 모르겠는데 암튼 부모들이란 그렇단다. 잘해 주다가도 때리고 사랑하는 말로도 상처를 주곤 하지. 그러니까 네가 이해해. 다 그러려니 해. 그리고 미워해.

마음껏 미워해. 괜찮아. 일기에 죽이고 싶다고 마음껏 써도 되고. 그런데 그걸 말로 행동으로는 하지 마. 기다리면 돼. 나쁜 짓을 하면 언젠가 다 죄를 받고 죽어야 할 사람은 알아서 다 죽게 된단다. 원장님이 이런 말 했다고 엄마한테 말하지는 말고. 우리 둘만의 비밀이다.

원장은 한쪽 눈을 찡긋 감고 내 어깨를 툭 치고 의자에 앉았다. 곰 같은 사람이 귀여운 척을 하니까 무서웠다. 나는 어색하게 웃으며 고개를 끄덕였다. 늘 생각했지만 의자 좀 큰 걸로 바꿔 주고 싶다. 키가 큰 원장에게 의자는 너무 작다. 의자에 쭈그리고 앉아 있으면 병 걸린 커다란 새가 다리를 불편하게 접고 구겨져 있는 느낌이 들었다. 저런 몸으로 밥통 소리를 들어 가며 머리를 맞았을 생각을 하니 좀 불쌍해 보였다. 친절하게 대해 줘야겠다고 생각했다.

8

24번. 오늘은 드디어 스피치다. 준비해.

스피치? 나도 모르게 한 발 뒤로 물러서고 말았다. 반사적으로 영화의 한 장면이 떠올랐다. 바보같이 어눌하게 말하던 안경 쓴 남자. 사랑하는 사람이 생겼다고, 그래서 말더듬증을 고쳐 보고 싶다고 지하철에서 더듬더듬 연설을 하던 끔찍한 장면. 비웃는 표정과 불쌍하게 바라보는 표정까지 다 생각났다. 나는 고개를 저었다. 다음에 하겠다고 했다. 당황해서 평소보다 더 많이 더듬었다. 하지만 사람들이 자꾸 등을 떠밀었다. 힘내. 잘할 거야. 나도 해 봤는데 하고 나면 정말 좋아. 멋져. 대단해. 할머니는 사탕을 세 개나 내 손에 쥐어 줬고 한

팀이던 노트와 하이까지 주먹을 불끈 쥐며 파이팅을 외쳤다. 스프링 사람들의 응원은 뭐랄까, 전장에 나가는 용사에게 박수를 쳐 주는 것과 비슷했다. 어깨를 만져 주고 안아 주고 비장한 얼굴로 무언의 메시지를 보내는 사람들. 결국 그 말은 죽으라는 소리 아닌가. 곧 죽겠지만 그래도 멋지게 죽을 테니까 그것도 의미가 있다는, 그야말로 의미 없는 소리 아닌가. 죽고 싶지 않지만 적어도 이 순간은 죽고 싶었다. 스프링에 없는 이모가 보고 싶었다. 왜 이모는 의사여서 다른 사람보다 바빠서 남들만큼 많이 볼 수 없는 걸까? 며칠 전 이모에게 물었다.

이이이모, 궁금한 게 있어요.

뭔데?

야야약만 먹으면 바로 죽는 그런 약도 있나요?

왜?

그그냥 구궁금해서.

이모는 읽던 책을 덮고 안경을 벗은 뒤 고개를 돌려 나를 빤히 쳐다보더니 말했다.

……통증이 있는 걸로, 아니면 없는 걸로?

네?

복수라면 죽을 때 엄청난 통증이 있으면 좋을 거고 복수가 아니라면 잠들듯 편안하게 죽는 게 좋으니까. 어느 쪽이야?

나는 아무 말도 못 했다. 누구를 죽이려는 게 아니고 누가 죽었으면 하는 마음 때문이었다. 그것은 복수의 마음인가, 도와주려는 마음인가. 판단할 수 없었다. 어떤 날엔 엄마에게 그 약을 주고 싶기도 하고 어떤 날엔 엄마의 애인에게 그 약을 주고 싶기도 하다. 어떤 날엔 선생에게, 어떤 날엔 나를 괴롭히는 친구들에게 먹이고 싶기도 하니까. 그리고 어떤 날. 왜 사는지 모르겠는 날. 그냥 살고 있는 것뿐인데 엄청 살려고 발버둥 치고 있는 것처럼 느껴지는 날엔 차라리 내가 먹고 싶기도 하다. 어떤 친구가 물었다.

넌 왜 사냐? 쓸모없고 말도 못 하고 친구도 없고 늘 괴롭힘만 당하잖아. 왜 살아?

친구의 얼굴은 진지했다. 정말로 궁금한 얼굴이었다. 내 삶이 너무 쓸모없고 괴로워 보여 차라리 죽지 뭐 하러 사는지 진심으로 궁금한 얼굴이었다. 나는 대답할 말을 찾지 못해 가만히 있었다. 친구는 걱정스러운 목소리로, 도와주는 마음으로 이렇게 말했다.

놀리는 게 아니라 진짜 왜 살아? 나 같으면 죽어 버리겠어. 내가 너라면, 네가 된다면, 난 살기 싫을 것 같거든.

그 후로 종종 그 말을 생각한다. 왜 사는 걸까. 생각하고 또 해 봐도 살 이유를 찾지 못했다. 죽고 싶지 않았다. 그런데 죽고 싶지 않은 이유도 찾을 수 없었다. 살아갈 이유도 없는데 살고 싶고 죽고 싶지 않은 이유도 없는데 죽고 싶지 않다니. 왜 나는 이유 없이 이렇게 사는 걸까? 신구의 말처럼 나는 무가치하다. 쓸모도 없다. 그런 생각을 하면 우울해졌다. 달리기를 하고 게임을 하고 소리를 질러도 우울했다. 어느 쪽이냐는 질문에 대해 아무 말도 못 하고 나는 세상에서 가장 멍청한 질문을 했다.

이이이모, 이모는 왜 살아요?

이모는 웃었다. 그리고 나를 껴안아 줬다.

왜 사냐니. 무슨 질문이 그래. 아들. 알려 줄 테니까 잘 기억해. 왜 사냐는 질문에 대한 답은. 그냥. 그냥 살아. 나만 그런 게 아니라 다 그래. 그냥 사는 게 사는 데 있어 가장 큰 이유야. 다른 이유는 없어. 돌멩이가 왜 딱딱한지 아니? 왜 나무는 말을 못 하게? 몰라. 나무도 돌도 몰라. 사람도 그래. 사는 데 이유는 없어. 이유를 찾기 시작하면 사는 건 피곤해지고 슬퍼진단다.

그렇게 말해 주는 이모가 지금 여기에 있었다면 내가 겪는 이 난감하고 괴로운 상황에서 구원해 줄 텐데. 왼팔은 노트에게 오른팔은 하이에게 붙들려 왕십리역으로 향하면서 나는 생각했다. 이모가 약을 줬다면 지금 바로 입에 털어 넣을 거다. 도살장에 끌려가는 돼지처럼 발을 질질 끌며 생각하고 또 생각했다.

왕십리역에 도착했다. 어디선가 지켜볼 거라던 원장은 눈에 보이지 않았고 노트와 하이는 50미터쯤 떨어진 화장품 가게 앞에서 손을 흔들고 있었다. 2번 출구에 서서 입구로 들어가는 사람과 입구에서 나오는 사람을 봤다. 오픈을 기념해 반값 할인을 해 준다는 떡볶이집을 홍보하는 남자와, 확성기를 들고 서서 지옥은 있으니까 제발 회개하라고 외치는 양복 입은 아저씨, 그리고 "말더듬이가 말을 더듬지 않기 위해 용기를 내서 여러분들 앞에 섰습니다. 저에게 용기를 주세요."라고 외치기 위해 서 있는 나. 우리들은 빠르게 지나가는 사람들 틈에서 흐름을 가로막는 못난이 바위처럼 군데군데 서 있었다. 겁이 났지만, 생각만 해도 주눅이 들었지만, 마음 깊은 곳에서 용기가 생기기도 했다. 스프링 사람들과 둥글게 서서 자신감 훈련을 했던 일들, 삼총사와 함께 길을 물어보고 전단지를 나눠 주면서 두려움을 극복했던 일들도 생각했다. 그리고 무엇보다 최근엔 첫 말을 몇 번만 더듬어도 어느 정도는 말이 나왔던 것 같다. 어쩌면 생각보다 더 잘해 낼 수 있을지도 모른다는 희망이 생기기도 했다. 나는 말하기 시작했다.

아아아아아아아안녕하십니까.

아무도 걸음을 멈추지 않았고 누구도 내 말을 주의 깊게 듣지 않았지만 계속 말했다. 첫 음을 길게 빼고 어려운 단어를 비슷한 단어로 바꾸고 에, 아, 그러니까, 같은 말을 슬쩍 집어넣어 첫 말을 바꾸기도 했다. 나는 철저하게 준비했다. 무슨 말을 할지 노트에 미리 써 봤고 그것을 백 번도 넘게 눈으로 읽고 입술에 올려 중얼거려 봤다.

안녕하십니까. 추운 겨울 감기 조심하시기 바랍니다. 제가 이 자리에 선 이유는 말을 더듬는 것을 고치기 위해서입니다. 어릴 때부터 저는 말을 더듬었습니다. 말을 잘해 보려고 많은 노력을 했지만 노력하면 할수록 말더듬증은 더 심해졌습니다. 사람들은 제게 천천히 말해라, 부드럽게 말해라, 차분하게 말해라, 조급한 마음을 버려라, 말을 잘할 수 있다는 믿음을 가져라, 말씀들 많이 해 주시지만 그렇게 해도 말더듬증은 고쳐지지 않았습니다. 그래서 전 친구도 사귈 수 없었고 자신감이 떨어져 나중엔 아무 말도 할 수 없게 됐습니다. 하지만 전 이제 열다섯 살이 됐고 계속 이렇게 살아갈 수는 없다는 생각이 들었습니다. 주변에서 할 수 있다는 말도 해 주고 용기도 줘서 이 자리에 서게 됐습니다. 앞으로 제가 더듬지 않고 말을 잘할 수 있도록 도와주시고 용기 주시면 감사하겠습니다. 들어 주셔서 감사합니다.

그러나 그렇게 말이 나오진 않았다. '안녕하십니까.' 어렵게 인사하고 '추운 겨울'까지만 더듬더듬 말했을 뿐 '감기'라는 단어를 꺼내기 위해 안간힘을 쓰다가 반쯤 부서지고 말았다. '조심'이라는 말이 나오지 않아 '제가 이 자리에 선 이유는'이라는 문장으로 넘어갔다. '제가'가 나오지 않아 '이 자리에 제가'로 어렵게 바꾸고 '이유는'이 나오지 않아 '원인은'이라고 해 보려고 했는데 그것도 쉽지 않았다. 몇몇 사람들이 걸음을 멈추고 나를 쳐다보는 시선이 느껴졌고 그들의 표정도 눈에 보이기 시작했다. 손으로 입을 가리고 귓속말을 주고받는 이들도 보였고 한 걸음 앞에 서서 대놓고 빤히 쳐다보는 할아버지도 있었다. 나는 빠른 시간에 갑자기 에너지를 다 쓰고 방전된 기계처럼 더는 말하지 못했다. 입술이 무거워졌고 혀는 돌멩이처럼 딱딱해졌다. 노트의 말이 생각났다. 앞이 깜깜해져 기절을 해 버린다고. 나도 차라리 그랬으면 좋겠다. 정신을 잃고 쓰러져 지금 이 순간에서 벗어나고 싶었다. 그러나 사람들의 소리는 너무 잘 들렸고 낯선 이들의 표정은 사진을 찍듯 하나하나 눈에 들어왔다. 놀림거리로 살아온 사람은 알 것이다. 놀리는 소리가 들리지 않아도 들린다. 비웃는 표정이 보이지 않아도 보인다. 그것은 기억에 새겨져 반복 재생되는 비디오 같다. 나는 말하기를 포기했다. 좋아지는 것도 극복하는 것도 다 관두고 싶었다. 그렇게 한참 동안 우두커니 서 있었다. 시간이 얼마나 흘렀을까? 서 있던 사람들이 다시 걸어가는 게 느껴졌다. 수군거리던 사람도 어디론가 사라졌다. 내 말을 듣기 위해 잠시 전도를 멈췄던 아저씨가 다시 외치기 시작했고 전단지를 나눠 주던 사람도 일을 시작했다. 나는 가만히

서 있었지만 아무것도 하지 않고 가만히만 있었던 것은 아니다. 입속에서 수도 없이 시도했다. 엔진이 걸리지 않는 자동차에 열쇠를 넣고 계속 돌리는 것처럼 나는 헛되이 열쇠를 돌리고 또 돌렸다. 죽은 사람의 가슴을 누르고 또 누르는 것처럼 계속 누르고 또 눌러 봤다. 그러나 약속할 정도로 단 한 문장도 내뱉을 수 없었다. 돌멩이도 마음이 있을 것이다. 나무도 말하고 있을 것이고. 나도 여기 그냥 서 있는 것은 아니다. 그렇지만 결과적으로 난 아무것도 안 하고 가만히 서 있는 사람이 됐다. 슬며시 눈을 떴다. 저만치 노트와 하이가 손을 흔드는 게 보였고 그 너머 팔짱을 낀 채 씁쓸한 미소를 짓고 있는 원장이 보였다.

나는 2번 출구로 사라지는 사람들을 따라 계단을 내려갔다. 최대한 빨리 사라지고 싶었다. 어디가 어딘지 알 수 없었지만 달리기 시작했다. 등 뒤에서 원장이 부르는 소리가 들렸지만 뒤돌아보지 않았다. 계단이 보이면 내려갔고 통로가 보이면 뛰어갔고 다시 계단이 보이면 올라갔다. 달리면서 생각했다. 그만하자. 끝났다. 다 끝났어. 무엇을 기대했을까. 나는 속고 또 속는 바보처럼 이번에도 속았던 것이다. 미안하다는 생각도 들었다. 나를 위해 노력해 줬던 사람들. 진심으로 대해 주고 마음 아파해 줬던 사람들. 그들을 배신했다는 생각과 그들이 실망했다는 생각이 마음을 쥐어짜는 것 같았다. 그러나 아니다. 나 외엔 누구도 날 비난할 수 없다. 나를 이해한다고? 아니, 누구도 나처럼 살지 않았다. 숨이 찼다. 많이 뛰지도 않았는데 숨이 가빴고 마음과 상관없이 차오르는 눈물 때문에 앞이 잘 보이지 않았다. 그때 누군가 내 어깨를 강하게 잡아끌었다. 나는 중심을 잃고 쓰러졌다. 노트였다. 바닥에 누워 숨을 몰아쉬고 있는데 노트가 내 양 볼을 두 손으로 감싸며 말했다.

괜찮아. 괜찮아. 천천히 숨 쉬어.

그 말을 듣자마자 기침이 나왔다. 나는 너무 빠르게 숨을 몰아쉬고 있었던 것이다. 후우우, 소리를 내며 호흡을 고르자마자 고였던 눈물이 질질 흘러내렸다. 입술을 꾹 다물어도 울음이 새 나왔다. 숨 쉬는 것도 소리 내는 것도 몸이 덜덜 떨리는 것도 어느 하나도 내 뜻대로 통제되지 않았다. 숨 쉴 때마다 괜찮아, 라는 노트의 소리가 들렸다. 노트도 울고 있었고 눈물이 내 눈에 뚝뚝 떨어져 나는 두 배나 많이 눈물을 흘렸다. 깊숙한 곳에서 뭔가 터졌다는 걸 깨달았다. 악을 쓰며 울고 싶은 기분. 토할 것 같은 기분. 아무것도 참고 싶지 않은 뜨거운 기운이 손가락 끝까지 퍼져 나갔다. 나는 더 이상 이런 모습을 누구에게도 보이고 싶지 않았다. 노트를 힘껏 밀어냈다. 그리고 다시 달리기 시작했다. 이제 호흡도 고르고 눈앞도 잘 보였다. 누구도 나를 잡을 수 없도록 나를 부르는 어떤 소리도 들리지 않도록 전력으로 날렸다. 날리고 또 달렸다.

9

방에서 나오지 않았다. 밥 먹으라는 엄마의 말에도 대꾸하지 않았다. 엄마의 애인이 담배 사 오라고 심부름을 시켜도 나가지 않았다. 교정원에 더 이상 가지 않겠다고 했다. 왜 그러냐는 물음에, 무슨 일 있냐는 물음에 나는 아무 말도 하지 않았다. 이번에는 효과가 있는 것 같은데 더 다녀 보라는 설득에도 나는 고개를 저었다. 엄마는 한숨을 쉬고 문을 닫았다. 다음 날 엄마는 문을 발로 차고 들어와 교정원에 가라고 소리를 질렀다. 나는 침대에 모로 누워 일어나지 않았다. 너 때문에 내가 살 수가 없다. 왜 고쳐 주겠다는데도 난리야. 엄마한테 화나서 그래? 내가 뭘 얼마나 잘못했어. 나보고 어쩌라고. 병신같이 그렇게 계속 살 거야? 너 엄마 무시해? 너도 내가 우스워? 엄마는 소리를 지르다가 울다가 애원하다가 혼잣말처럼 중얼거리기도 했다. 나는 이불을 뒤집어쓰고 생각했다. 나는 오래전에 죽어 무덤 속에 누운 사람이다. 아무 말도 들리지 않는다. 아무 말도 들을 수 없다. 일어날 수도 없다. 그러고 싶어도 그럴 수 없는 사람이다. 원장에게 몇 번 전화가 왔고 엄마는 그때마다 통화를 오래 했다. 몇 번 울기도 했던 것 같다. 원장이 무슨 말을 했는지 왜 엄마와 길게 통화했는지 궁금했지만 궁금해하지 않기로 마음먹었다. 어떤 새벽엔 엄마가 미안하다고 했고 어떤 아침엔 지금 당장 죽을 거라고 협박을 했다. 어떤 밤엔 아무 말 없이 껴안아 줬다. 술 냄새가 나지 않았고 목소리도 정상이었다. 나는 아주 작은 소리를 담아 등으로 말했다. 엄마, 미안해. 그다음은 속으로만 말했다. 잘해 보려고 했는데 잘 안 된다. 아무리 애를 써도 안 돼. 나도 그게 신기해. 안 되는 게. 너무하다고 생각하는데 누구를 원망해야 할지 모르겠어. 그런데 엄마는 아니야. 엄마는 원망하지 않아. 엄마가 내 말을 들었을까? 내 마음이 들렸을까? 엄마는 말했다. 괜찮아, 라고 했던가, 힘들어, 라고 했던가. 비몽사몽이어서 기억이 잘 나지 않는다. 그렇게 시간이 좀 흘렀고 가만히 누워 아무것도 하지 않는 이 상태에 나도 엄마도 어느 정도 적응을 했다. 눈이 많이 내리는 날 창문으로 하늘을 봤다. 눈구름이 까맣게 하늘을 뒤덮고 있었다. 눈이 더 많이 내렸으면, 그래서 세상이 모두 하얗게 변했으면, 그렇게 같은 날 같은 시간 모두 질식사했으면 좋겠다. 배가 고프면 배가 고파 죽었으면 싶었고 목이 마르면 목이 말라 죽었으면 싶었다. 어느 새벽, 술 취한 엄마가 방에 들어와 저주의 말을 퍼부었다. 익숙해질 때도 됐는데 또 눈물이 흘렀다. 나를 욕하는 건 견딜 수 있다. 누군지 모르는 아빠를 욕하는 것도 견딜 수 있다. 그런데 나를 낳아서 불행하다는 엄마를 엄마 스스로 욕하고 저주하는 건 못 견디겠다. 숨 쉴 때마다 따가울 정도로 가슴이 아팠다. 제발 그런 말 좀 하지 마. 엄마에게 빌기도 많이 빌었다. 그런데 이번엔 그냥 누워서 눈물만 흘렸다. 어느 날엔 엄마가 엄마의 애인과 싸웠다. 평소답지 않게 엄마는 엄마의 애인에게 대들고 쌍욕을 했다. 뭔갈 집어 던지는 소리도 들렸다. 그래도 나는 움직이지 않았다. 싸움 끝에 엄마가 엄마의 애인을 죽이는 것도 나쁘지 않을 것 같았고 엄마의 애인이 엄마를 죽인 뒤 문을 열고 나까지 죽이는 것도 그리 나쁘지 않을 것 같았다. 나는 이제 만사가 귀찮았다. 숨 쉬는 것도, 냄새를 맡고, 뭘 생각하고, 배가 고파지고, 목이 마르고, 오줌을 싸고 싶은 것도 다 번거롭기만 하다. 뭔가 떠오르는 것도 싫다. 뭔가 보고 싶은 것도 싫다. 그래서 화가 나는 것도, 관두기로 마음먹은 것들을 향해 슬금슬금 다시 기어가고 싶게 만드는 마음까지 모두 귀찮다.

교정원에 안 간 지 3주가 흘렀다. 나는 이제 밥도 먹고 엄마와 대화도 종종 한다. 나도 모르게 말이 막히면 교정원에서 배운 것들을 이용한다. 내가 생각해도 많이 좋아진 것 같다. 몇 번이고 반복되는 첫 말은 앞부분을 길게 늘여서 부드럽게 말하는 것만으로도 어느 정도는 극복할 수 있다. 재빠르게 앞 문장과 뒤 문장을 바꾸는 것도 가능해졌다. "밥 먹고 뭐 할 거야?"라는 말이 막히면 "뭐 할 거야? 밥 먹고."라고 바꾼다. "노트"라는 말이 막히면 "공책"이라고 하고 "볼펜 있어?"라는 말이 안 나올 것 같으면 "쓸 것 있어?"라고 단어를 바꿨다. 가끔 교정원 사람들이 그립다. 그럴 땐 탁구공을 만지작거린다. 엄마의 손거울로 라켓을 대신해 통통통 튕겨 보기도 했다. 그러다 무심코 벽을 향해 거울을 휘둘렀는데 탁구공이 벽에 맞고 되돌아오는 궤적이 꽤나 적당해서 혼자 탁구 연습을 할 수 있었다. 어떤 날엔 벽이 하이가 되었다가 어떤 날엔 노트가 됐다. 어떤 날엔 토스트가 되었다가 어떤 날엔 핑퐁이 됐다. 어떤 날엔 딸 연서가 말을 더듬어서 말을 고치려고 노력한다던 용감하지 않던 용감 아저씨가 생각났다. 많이 좋아졌을까? 아저씨는 용감하고 삶에 열정이 넘치니까 나처럼 중간에 그만두거나 비겁하게 도망가지 않겠지. 그러면 금방 좋아지겠지. 그래서 연서 앞에서도 더듬지 않을 거고 연서도 아빠 따라서 더듬지 않고 말을 잘하는 근사한 어린이가 되겠지. 그런 좋은 생각을 하는데 이상하게 눈물이 뚝뚝 흘러내렸다. 상관없다. 눈물 따윈 그냥 손등으로 쓱 닦으면 그만이니까. 이모 생각은 가급적 안 하려고 했다. 이모는 정말 보고 싶었다. 무슨 말을 해도 다 들어 주고 맛있는 것도 많이 사 주는 세상에서 가장 친절한 사람이었는데, 어렵게 그런 사람을 만났고 나중에 사랑하기로 결심한 여자를 만났는데, 그 사람을 떠나 버렸다. 이모는 내 생각을 할까? 이모는 나와 약속한 것을 지키려고 노력하고 있을까? 더 어른이 되기 전에 고치려고 애쓰고 있는 걸까? 벽은 테이블이 아니라서 핑, 퐁, 핑, 퐁, 칠 수 없다. 스매싱을 할 수도 없고 멋지게 드라이브도 할 수 없다. 그냥 탁, 치면 팅, 하고 되돌아오는 걸 다시 탁, 치는 것뿐이다. 그래도 이걸 많이 했더니 탁구 실력이 좋아진 것 같다. 이러다 언젠가 나와 탁구 시합을 하게 되면 다들 깜짝 놀라겠지? 내가 너무 탁구를 잘 쳐서. 우와, 하면서 박수 쳐 주고 그러겠지? 이런 생각을 하면 잠시 즐거워졌다가 금방 울적해지고 침대에 누워 이불을 뒤집어쓰게 된다.

낮에 많이 자면 밤에 잠이 안 온다. 12시가 넘고 새벽이 되도 잠이 안 오면 노트를 펼치고 아무거나 쓴다. 빨간 펜은 거의 사용하지 않고 파란 펜으로 마음속에 있는 말을 글자로 옮겨 적는다. 하고 싶은 말, 할 수 없는 말, 하려 했던 말, 언젠가 꼭 하기로 마음먹은 말, 그리고 아무 할 말이 없을 때 하는 아무 말까지 그냥 막 쓴다. 한번 쓰면 도저히 멈추질 못하겠다. 이걸 정말 말로 했다면 나는 누구도 말릴 수 없는 수다쟁이가 됐을 것이다. 내 말을 듣고 있던 사람이 "제발 말 좀 그만해!"라고 소리치며 도망가겠지. 이렇게 하루 종일 수다만 떠는 사람을 좋아할 사람은 없을 테니까. 그래도 속은 시원하다. 팔이 아파 더 쓸 수 없거나 볼펜이 다 닳아 새로운 펜으로 바꿀 때 뭐라고 설명할 수 없는 기쁨이 느껴졌다. 그런데 참 이상하다. 어차피 나만 보는 노트인데도 솔직한 마음을 쓰는 것이 어렵다. 직접 겪은 일을 쓰는 것도, 그때의 기분과 감정을 정확하게 쓰는 것도 쉽지가 않다. 그럴 땐 거짓말을 쓴다. 내가 겪은 일이 아닌 것처럼 그 일을 쓰고 엄마를 생각할 때 드는 마음을 엄마가 아닌 다른 사람의 이름을 넣어 말한다. 언젠가 토스트가 내 노트를 몰래 읽어 본 적이 있었다. 왜 남의 허락 없이 읽느냐고 화를 냈더니 그냥 펼쳐져 있어서 읽었다고 자신이 뭘 잘못했냐고 뻔뻔하게 웃었다. 그리고 일기든 편지든 글자로 적힌 것들은 다 읽히고 싶어 한다고 했다. 그래서 네가 쓴 글을 위해서 내가 어쩔 수 없이 읽어 줬다는 되도 않는 말을 했다. 화가 나서 가방에 노트를 집어넣고 있는데 토스트가 작가처럼 말했다.

너 글 잘 쓴다. 글쓰기 글쓰기는 말하기와 닮았어. 문장 하나를 정확하게 쓰는 건 하고 싶은 말 한마디를 제대로 제대로 제대로 제대로 하는 것만큼이나 쉽지 않거든. 알겠지만 말을 더듬는 사람은 말을 말을 말을 입 밖에 꺼내기 전에 이미 그 말을 더듬을 것을 예감하고 있어. 실패할지 몰라, 라는 막연한 예감이 아니라 이미, 이미 실패한 상태로 말이 입속에 들어가 있지. 그러니까 예감이면서 예감이면서 동시에 확신이랄까. 너무 오랫동안 반복적으로 겪었기 때문에 갖고 갖고 갖고 있는 예지력이랄까. 아무튼 글쓰기도 마찬가지야. 첫 음이 나오지 않으면 다음 다음 음도 나오지 않잖아. 마찬가지로 첫 문장이 써지지 않으면 다음 문장도 문장도 문장도 없지. 그러니까 첫 문장은 많은 문장들 중 첫 번째가 아니라 앞으로 나오게 될 글이라는 생명체의 머리 머리 머리 같은 기능을 담당하지. 글을 고치는 과정도 비슷해. 좋지 않은 문장을 조금 조금 더 나은 것으로 만들기 위해 단어를 바꾸고 구조와 순서를 고민하는 과정은 우리가 우리가 우리가 말을 더듬지 않게 노력하는 과정과 거의 흡사하거든. 그래서 말더듬이들은 다른 사람보다 훨씬 많은 단어를 단어를 단어를 알아야 하고 습득해야 해. 실패한 단어를 대체할 단어가 늘 준비 준비되어 있어야 하거든. 글을 쓰는 것도 마찬가지야. 더 많은 단어가 단어가 필요

해. 그런데 24번. 네가 쓴 글을 보니까 괜찮아. 재능이 재능이 있어.

그 말을 듣고 나는 물었다.

왜 혀혀혀형은 왜 그렇게 어렵게 말해요? 원래 소소설가는 어렵게 말해야 하는 사명이라도 받았나요?

토스트는 내 뒤통수를 딱 때리고 강의실을 나갔다. 그땐 그 말을 마음에 담아 두지 않았는데 소설가가 내가 쓴 것이 좋다고 하니까 정말 내가 글을 잘 쓰나? 이런 생각이 들었다. 썼던 것을 다시 읽어 보면 재밌다. 좋기도 하고. 때론 감동적인 부분도 있는데 이건 나만 읽기 좀 아깝다는 생각도 든다. 토스트 앞에 보란 듯 펼쳐 놓고 화장실이라도 가고 싶다.

오늘의 글

—사람들은 이름이 있다. 물건도 이름이 있다. 나도 이름이 있다. 그런데 내 이름을 부르는 사람은 없다. 더듬이라고 부르면 나는 더듬이고, 병신이라고 부르면 나는 병신이 된다. 엄마는 나를 불쌍한 새끼라고 부르고 그 말을 들으면 나는 내가 불쌍해서 미칠 것 같다. 바다는 바다고 바위는 바위고 아파트는 아파트다. 다 이름이 있다. 바다를 아파트라고 부르면 안 된다. 바위를 위바라고 부를 수 없다. 그래서 그렇게 부를 수 없는 나 같은 사람은 힘든 것이다. 왜 이름은 하나여야 할까. 버스를 꼭 버스라고만 불러야 하는 걸까. 모르겠다. 그

냥 이런 세상이 마음에 들지 않는다. 사람들은 내가 말을 못 하니까 모든 말을 못 하는 줄 안다. '가'를 말하지 못하면 '나'도 말할 수 없는 나 같은 사람은 가나다라마바사를 모르는 멍청이 취급을 받는다. 적혀 있는 대로 읽어야 하고 정해진 대로만 발음해야 한다. 그것이 안 되는 사람이 있다. 그것이 힘든 사람이 있다고. "말을 할 수 있으면서 왜 제대로 말할 순 없어?"라는 말에 잘못이라도 한 사람처럼 더듬거리며 아무 대답도 못 하는 사람들이 있다. 그런 사람이 있다고 아무리 말하고 외치고 소리쳐도 그게 무슨 말인지조차 모를 테지만.

불을 끄고 누워 잠들 때까지 기다렸다. 이 생각 저 생각 나는데 스피치했던 날도 생각난다. 그 생각은 너무 많이 했다. 생각하고 싶지 않지만 생각이 난다. 생각이 나면 그걸 막을 방법이 없다. 시간을 돌려 그때로 돌아간다. 둘 중 하나를 선택할 수 있다. 스피치를 할 것인가, 말 것인가. 스피치를 다시 하게 된다면 잘할 수 있을까? 몇 번을 생각해 봐도 답은 같다. 아니다. 차라리 방송하다가 말이 막혀 의식을 잃고 쓰러져 버린 노트처럼 나도 기절했으면 좋았을 것 같다. 무슨 일이 일어났는지 모른 채 스프링 사람들의 염려 속에 눈을 뜨는 것도 좋았을 텐데. 마음이 심란해졌다. 한숨을 아무리 쉬어도 답답해졌다. 베개 밑을 뒤져 하마를 꺼냈다. 하마를 손에 쥐고 가만히 있으면 곧 마음이 잠잠해진다. 차분하게 어둠을 향해 휴 하고 숨을 내쉬어 봤다. 그리고 일정한 톤으로 말을 했다. 완벽한 말이다. 더듬지도 않고 단어를 바꾸지도 않았으며 첫 말을 길게 빼거나 어, 애, 음, 이런 말도 덧붙이지 않았다. 얼음의 나라처럼 지금 이 말을 그대로 얼릴 수 있다면 얼마나 좋을까? 필요할 때마다 더듬지 않은 말을 따뜻한 말에 녹여 사람들에게 들려줄 수 있다면 얼마나 좋을까? 술 취하지 않은 엄마의 다정한 말도 얼리고 이모가 내게 해 줬던 모든 말도 얼리고 할머니가 아들에게 하는 말도 얼리고 싶다. 그래서 언젠가 그 아들을 만나면 다 들려주고 싶다. 엄마에게 하고 싶은 말도 얼리고 싶다. 이모에게 하고 싶은 말도 얼리고 싶다. 할머니에게는 할머니의 아들 역할을 한 연극배우의 목소리로 말하고 싶다. 괜찮아요. 용서해요. 그렇게 말하기 어렵겠지만 나는 훌륭한 연극배우니까 잘할 수 있을 것 같다. 할머니의 두 볼에 흐르는 눈물까지 여유롭게 닦아 주면서. 노트에게도 하고 싶은 말이 있다. 하이에게도 하고 싶은 말이 있다. 스프링 사람들 모두에게 다 할 말이 있다. 그리고 원장에게 반드시 해야 할 말이 있다. 해 줘야 할 말이 있다. 할머니가 준 계피 맛 사탕이 이제 딱 두 개 남았다. 그중 하나를 까서 입에 넣었다. 그런데 이 사탕은 도대체 어디에서 파는 걸까? 이런 날이 올 거라고 예상했던 걸까? 한 달 전에 슈퍼에 가서 할머니가 준 계피 맛 사탕을 보여 주고 같은 걸 달라고 했는데 슈퍼 주인은 웃으면서 고개를 저었다. 이건 팔지 않는다고 했다. 엄청 오래된 사탕 같다고, 먹으면 안 될 것 같다고 걱정도 해 줬다. 백 년쯤 된 사탕일까? 유통기한이 너무 많이 지나 먹으면 병에 걸리는 그런 불량 식품일까? 병에 걸리면 그것도 좋겠다. 병이 문제가 아니다. 이제 하나밖에 남지 않았다는 것, 그것이 문제다. 사탕을 빨았다. 빨 때마다 쓰고 달콤해지는 입안. 줄어들 때마다 조금씩 나는 잠에 빠져든다. 자장자장 재워 주는 맛이다. 어둠 속에서 할머니의 쭈글쭈글한 손이 내 머리를 만지는 것 같다. 만져 줬으면 좋겠다.

10

2월 중순, 개학을 보름 앞둔 늦겨울 어느 오후 나는 학교를 향해 걸어갔다. 아무도 학교에 가지 않는 날 가방 없이 교복도 입지 않고 혼자 학교 가는 기분은 참으로 이상했다. 같은 교복 입은 친구들이 없고, 지각 걱정이 없고, 때문에 분주하지 않았다. 무엇보다 마음이 가벼웠다. 누구와 눈이 마주칠까 봐 땅만 보고 걸었는데 시선을 높이 두고 가로수도 보고 간판도 보고 하늘도 봤다. 신기했다. 학교 가는 길이 꼭 집으로 돌아가는 길 같았다. 학교엔 학생들은 없고 노인들과 아저씨들이 있었다. 잿빛 중절모를 쓰고 두꺼운 코트를 입은 채 지팡이를 짚고 달팽이처럼 느리게 운동장을 도는 할아버지와, 기역 자로 굽은 허리로 낡은 유모차를 밀며 불안하게 그 뒤를 따르는 할머니가 있었다. 제대로 갖춰 입은 운동복에 선글라스를 낀 남자는 제자리에서 점프를 하고 요란스럽게 스트레칭을 했다. 녹은 눈이 얼어붙어 곳곳이 반짝거리는 운동장을 둘러봤다. 스탠드에 누군가 서 있었다. 나를 향해 손을 흔들면서.

누나, 지금 이이름은 뭐야?

24번.

……응?

24번이라고. 원장 선생님이 내 노트를 읽더니 이름표에 그렇게 적었어.

말문이 막혔다.

너 때문에 사람들이 계속 놀리잖아. 24번, 24번 어디 있어? 24번! 24번 좀 데리고 와.

24번은 시큰둥하게 말하고 흐트러진 목도리를 꽉 묶었다. 다들 잘 지내지? 라고 물어보고 싶었는데 내 맘이 들리는지 먼저 말해 줬다.

스프링 사람들은 잘 지내고 있어. 너 잘 지내고 있는지 하도 물어봐서 귀찮아 죽겠어. 잘 지내고 있어?

고개를 끄덕였다.

그럼 다행이고.

하이는?

걔 이제 하이 아니야. 아르페지오야.

응?

기타 칠 때…… 암튼 그런 게 있어. 그리고 이제 말도 해.

저정말?

응. 네 덕분이야. 너 때문이야. 너 스피치하는 모습 보고 감동받았다고 했거든.

할머니는? 용감 아저씨는? 원장은? 핑퐁은? 토스트는? 물어보고 싶었다. 하지만 묻지 않았다. 그러면 안 될 것 같았고 그러지 않기로 집에서부터 한 걸음에 한 번씩 다짐하고 또 다짐했다.

24번은 가방에서 노트를 꺼내 펼쳤다. 사진이 한 장 있었다. 운동복을 입은 국어와 배드민턴 라켓을 든 여자가 나란히 걷고 있는 사진이었다. 여자 얼굴은 묘하게 어디선가 본 것 같은 기분이 들었는데 웃을 때 눈이 초승달처럼 얇게 사라지는 것과 미소 짓는 입술의 선이 딱 선행상이 웃을 때 표정이었다. 24번이 말했다.

복수.

비록 내가 교정원을 떠났지만 한 팀이었던 24번과 아르페지오는 나를 위한 복수를 반드시 실행하기로 약속했다고 한다. 처음 계획한 플랜 A와 B는 작가 형이 말한 대로 실현 가능성이 떨어진다고 판단했고 작가 형의 조언대로 국어의 아킬레스건을 찾아 그곳을 공격하기로 계획을 수정했다. 둘은 배드민턴 동호회가 이용하는 체육관으로 갔다. 국어의 자동차가 주차되어 있는 야외 주차장 덤불 아래서 국어가 오길 기다렸다. 국어가 이마에 땀을 닦으며 어떤 여자와 즐겁게 대화를 하며 걸어오고 있었다. 아르페지오는 집에서 들고 온 전문가용 카메라로 몰래 사진을 찍었다. 그게 시작이었다. 둘은 국어를 추적해서 아직은 보이지 않는 약점을 잡아내려고 했다. 그러나 24번은 현상된 사진을 한참 보고 더 쫓아다닐 필요 없겠다고 판단했다고 한다. 24번은 사진 속 국어의 얼굴을 검지로 탁 때리며 말했다.

예전에 이 사진과 거의 비슷한 사진을 본 적이 있어. 참 신기하게도 그 사진 속 남자와 국어 선생의 표정이 똑같다. 그 남자, 우리 아빠가 이랬거든.

24번은 검지를 움직여 여자의 얼굴에 대고 꾹 누르고 말을 이었다.

이 여자의 표정은 지금 내 새엄마의 표정과 똑같고. 친구 엄마라고 했지? 불쌍한 애야. 잘해 줘. 곧 울게 될지도 몰라.

그그래서 어떻게 했어?

편지 보냈어. 사진과 함께. 전에 소설 쓰는 분이 그랬잖아. 모든 장면은 다 인과에 의해 이어져 있다고.

자자작가 형은 이름이 뭐야?

피츠제랄드.

그게 누누구야?

위대한 개츠비. 몰라?

몰라.

나도 잘 몰라. 암튼 그런 글을 쓴 그런 사람이 있대. 우린 줄여서 피츠라고 불러. 어른들은 몰래 지랄이라고 부르나 봐.

누나가 웃었고 나도 따라 웃었다.

다른 사람들도 궁금해?

나는 고개를 끄덕였다. 누나는 교정원 사람들의 이름을 다 알려 줬다.

그그런데 용감 아저씨는 왜 자존감이야?

글쎄, 요즘엔 자존감 높이는 데 관심이 많아진 거 같아. 매일 자존감 타령이야. 암튼, 그게 중요한 게 아니고. 그래서 생각했지. 이렇게 다정하게 이야기를 하는 건 다 이유가 있을 거라고. 편지는 간단하게 썼어. 모든 걸 다 알고 있다. 탄로 나기 싫으면 인생 똑바로 살아라. 특히 학교에서 학생들 괴롭히는 거 그만두고 학생들이 싫어하는 거 억지로 시키지 마라. 이해했고 제안을 받아들인다면 자동차 오른쪽 사이드미러에 손수건을 묶어 둬라. 대충 이렇게 써서.

그그래서?

그래서는 무슨. 다음 날부터 체육관엔 얼씬도 안 하고 바로 사이드미러에 하얀 손수건 묶고 다니더라. 일주일 내내 그러고 다녀. 아마 개학하고서도 사이드미러에 손수건 묶여 있을걸?

나는 아, 소리를 내며 한동안 멍하게 있었다.

아마 책 읽기 같은 거 안 시킬 거야. 누군지 모르니까 무조건 모두에게 잘해 주려고 하겠지. 어차피 학년 바뀌면 만날 일 거의 없을 테지만.

고마워.

24번은 한참 동안 말없이 운동장을 바라봤다. 나도 운동장에 시선을 두고 가만히 있다가 허공에게 말하듯 작은 소리로 말했다.

너 그때 잘했어. 정말 잘했어. 멋있었어. 용감했고. 정말이야. 이렇게 말해 주고 싶었는데 네가 도망가 버렸잖아.

난 그때 일을 말하고 싶지 않았다. 더 이야기하면 화도 나고 슬프기도 할 것 같았다. 화내기도 싫고 울기는 더 싫었다. 그 이야기는 하고 싶지 않다고 분명하게 선을 그었다. 24번은 장갑 손으로 주먹을 쥐었다 폈다 했다.

나 사실 기절하는 거 아니야. 그때 방송할 때 말이 막혀서 기절했다고 했잖아. 사실 아니었어. 기절한 척한 거지. 나는 이걸 고치길 원하면서 정작 말을 더듬을 것 같으면 도망가 버렸어. 어렵지 않은 말, 문제없는 말만 계속하면서. 그런데 넌 아니었어. 넌 잘했어. 넌 정말 잘했어. 내가 봤어. 너 말하는 거.

경험상 누군가의 이야기를 오래 들어 주면 좋지 않다. 누구든 어떤 이야기든 오래 들으면 결국 다 힘들고 어려운 사정을 듣게 된다. 알게 되면 아는 만큼 마음이 생기고 그 마음만큼 괴로워진다. 그 사람을 걱정하게 되고 그 사람을 생각하게 되고 경우에 따라선 사랑하게 되고 반대로 미워하게 된다. 24번은 그동안 하지 않았던 자신의 이야기를 많이 했다. 아나운서가 꿈이라고 했다. 그래서 틈만 나면 자신의 목소리를 녹음해서 들어 본단다. 녹음기도 보여 줬는데 까맣고 은밀하게 생긴 것이 꼭 영화에 나오는 전문 장비처럼 보였다. 그래서인지 24번이 특별한 사람처럼 느껴졌다. 녹음된 목소리를 자꾸 듣다 보면 다른 사람의 목소리처럼 들리고 어느 순간부터는 그 목소리가 너무 듣기 좋아서 언젠가는 다른 사람에게도 꼭 들려줘야지, 하고 다짐했다며 부끄러운 듯 얼굴을 붉혔다. 부끄러워할 말은 아니다. 정말이다. 24번의 목소리는 너무 좋다. 듣고 있으면 계속 듣고 싶어진다. 전에도 그렇게 생각했었다. 무슨 말이든 좋으니까 더 많이 이야기해 달라고 속으로 말한 적도 있었다. 그런데 오늘 이렇게 많이 말해 주니까 참 좋았다. 날씨가 추워 어느 순간부터는 운동화 속 발가락에 감각이 없어질 정도였는데 그깟 쓸모없는 발가락 없어도 그만이라는 생각이 들 정도였다. 24번은 자리에서 일어섰고 나도 따라 일어섰다.

안 올 거야?

나는 고개를 숙이고 발끝만 봤다.

오라는 말은 안 할게. 그런데…… 오고 싶으면 와. 알았어? 고개 끄덕여.

고개를 끄덕였다.

24번은 가방 지퍼를 열고 뭔가를 꺼냈다. 초록색 포장지로 감싸고 작은 종이 별을 붙인 상자였다. 이게 뭐냐고 묻는 눈으로 24번을 봤다.

오늘 14일. 밸런타인데이. 자, 초콜릿. 이런 거 받아 본 적 없지?

나는 멍하게 상자를 봤다. 맞아. 이런 거 처음 받아 봤다. 옛날에 부반장에게 받은 초콜릿과 종이 거북이는 처음부터 내 것이 아니었으니까. 거절당해 쓸모없어진 남의 생일 선물을 내 생일도 아닌 날 내가 받은 거니까. 나는 얼떨떨한 마음으로 상자를 보다가 고맙다고 말하려고 했다. 그런데 24번은 이미 저만치 걸어가고 있었다. 바짝 줄을 조인 가방을 야무지게 등에 메고 교문을 향해 뚜벅뚜벅 걸어가고 있었다.

집에 돌아와 방에 들어갔더니 엄마의 쓰레기가 추리닝 차림으로 책상 앞에 구부정하게 서서 뭔가를 읽고 있었다. 무엇을 읽고 있는지 확인할 필요도 없었다. 섬뜩하고 무서운 느낌이 저 남자가 저걸 읽지 못하게 막아야 한다고 외치고 있었다. 나는 책상으로 달려갔지만 그는 내 일기장을 높이 들어 올리고 왼손으로 내 가슴을 밀어냈다.

줘요!

소리치며 일기장을 뺏으려고 뛰었지만 키가 큰 남자가 까치발까지 들고 피하는데 당할 방법이 없었다. 온 힘을 다해 밀었지만 그는 꿈적도 하지 않았다. 실실 웃으면서 조롱과 분노가 반씩 섞인 눈으로 나를 노려봤다. 나는 의자에 올라갔다. 의자에서 점프해서 일기장을 뺏을 생각이었다. 그는 의자를 발로 걷어찼다. 나는 의자와 함께 바닥에 쓰러졌다. 그는 무좀 있는 더러운 발로 내 가슴을 밟아 누르고 소리 내 일기장을 읽기 시작했다.

언젠가는 쓰레기 새끼를 죽일 거다.

엄마가 밉다. 엄마도 저 새끼도 모두 다 끔찍하기만 하다.

신이 있다면 증명해. 오늘 밤 저 쓰레기의 심장을 돌덩이로 바꿔 줘. 이렇게 사느니 엄마도 나도 차라리 죽는게 낫다. 집에 불이 났으면 좋겠다. 지구에 운석이 떨어졌으면 좋겠다. 건물이 무너졌으면 좋겠다.

남자는 크크크 소리를 내고 웃으며 쭈그리고 앉아 내 뒤통수를 때렸다.

신이 있다면 증명해? 뭐야, 너 장래 희망이 시인이야?

주세요.

이거 뭐냐? 이거 이거 나 읽으라고 써 놓은 거 아니야? 여기 다 써 있네.

주라고!

뭐냐고.

나는 남자의 엄지발가락을 깨물고 손톱으로 발목을 긁었다. 그는 뜨거운 것을 밟은 것처럼 소리를 지르고 내 몸에서 발을 뗐다. 그는 화난 얼굴로 욕설을 내뱉으며 일기장으로 내 머리를 내리쳤다. 죽여 봐. 발로 내 등을 걷어찼다. 죽여 보라고. 이 새끼야. 그는 거칠게 숨을 몰아쉬며 주먹을 얼굴에 들이밀고 당장이라도 때릴 것처럼 부들부들 떨며 소리쳤다.

말도 제대로 못 하는 병신 새끼가. 기분 나쁘게 뒤에서 이상한 짓을 하고 있어. 하…… 이 새끼. 불쌍해서 좀 잘해 주려고 했더니 속으로 이렇게 호박씨를 까? 이 새끼 사람 새끼 아니네. 살인자야, 살인자. 네 엄마가 이거 알아? 네 엄마도 엄청 나쁘게 썼던데. 너네 엄마 안 불쌍해? 저렇게 고생하면서 사는데, 하나 있다는 아들은 패륜 짓거리를 하고 있다니.

그때 엄마가 들어왔다. 바닥에 엎드려 있는 나와 눈이 마주쳤다. 엄마는 콩나물과 두부가 든 검정 봉지를 바닥에 내려 놓고 나와 남사를 번갈아 쳐다보며 상황을 파악하려 했다.

왜 그래?

야. 이거 봐 봐. 네 아들 새끼가 써 놓은 것 좀 보라고.

엄마는 꼼짝도 하지 않고 서서 일기장을 읽었다. 엄마 표정에는 어떤 감정도 나타나지 않았고 생각도 보이지 않았다.

이거 어떻게 할 거야? 날 죽이겠단다. 이거 완전 사이코야. 사이코. 이거 어쩌지? 정신병원에 보내야 하는 거 아니야?

됐어. 그만해.

엄마는 탁, 소리 나게 일기장을 덮고 책상에 놓은 뒤 남자의 허리에 손을 두르고 방에서 나가려고 했다. 남자는 움직이지 않았다.

놔 봐. 이거 해결해야지. 그냥 넘어가? 이거 심각한 문제야. 얘 이대로 놔두면 사고 친다고. 아빠가 없으면 나라도 신경 써야 하지 않겠어?

알았어. 알았으니까 일단 나가자.

엄마는 어색하게 미소를 짓고 미안해, 내가 잘못했어, 라고 중얼거리며 데리고 나가려고 했다.

미안하다고? 엄마가 잘못했다고? 뭐가? 왜? 엄마가 왜 미안하고 뭘 잘못했는데? 엄마와 내가 저 개쓰레기한테 왜 사과를 하고 저딴 소리를 들어야 하냐고! 더는 참을 수 없었다.

힘이 없어도 힘을 내야 한다. 얼굴에 주먹이 닿지 않으면 주먹을 뽑아서라도 저 더러운 얼굴에 집어 던져야 한다. 주위를 둘러봤다. 무기가 필요했다. 내 주먹을 대신할 게 필요했다. 내 작은 키를 대신할 게 필요했다. 책상 위에 필통이 있고 책이 있고 책가방이 있다. 약해. 쇳덩이나 돌덩이 같은 게 필요했다. 남자는 손목을 잡고 있는 엄마의 팔을 비틀어 떼어 냈다. 엄마는 순간 비명을 질렀다. 남자가 말했다.

놓으라고! 나 죽이겠다는 새끼가 옆방에 있는데 어떻게 그냥 나가? 저 병신 같은 새끼가 날 죽이겠다는데.

엄마가 바닥에서 비닐봉지를 집어 들고 남자의 얼굴에 휘둘렀다. 퍽, 하는 소리가 났고 그는 손으로 얼굴을 감쌌다. 바닥엔 으깨진 두부와 콩나물이 흩어졌다. 그의 눈이 순식간에 다르게 바뀌었다. 저 눈을 안다. 너무도 잘 아는 눈. 사냥하는 눈. 때리는 눈. 잔인한 눈. 지독한 눈. 그는 엄마의 뒷머리를 움켜쥐고 다리를 걸어 바닥에 넘어뜨렸다.

그 후로 무슨 일이 일어났던 걸까? 잘 기억나지 않는다. 엄마의 손과 내 손에 왜 흙이 묻어 있는지. 산세베리아 화분이 깨져 바닥에 뒹굴고 있는 이유는 무엇인지. 남자는 왜 기절을 했는지.

11

언젠가 소설가 형이 내 노트를 읽고 진술을 잘 쓴다고 했다. 진술이 뭐냐고 물어봤더니 언제 어디에서 무슨 일이 어떻게 왜 일어났는지를 다른 사람에게 설명하는 거라고 했다. 그건 누구나 다 하는 거 아니냐고 했더니 그걸 정확하게 설명하는 것은 쉽지 않다고, 나중에 경찰서에 가서 진술문이라는 것을 쓰게 된다면 알게 될 거라고 말했다. 경찰서라니 어이가 없어 웃었더니 소설가 형은 진지한 얼굴로 이렇게 말했다.

넌 그런 일 없을 것 같지? 살다 보면 그런 날은 반드 반드 반드시 오고야 만단다.

그날이 이렇게 빨리 올 줄 그때는 몰랐다. 그리고 깨달았다. 진술이 어렵다는 것을. 엄마와 나는 의자에 나란히 앉아 경찰 앞에서 고개를 숙이고 있었다. 경찰은 무표정한 얼굴로 상황을 물었다. 엄마는 경찰서에 들어오기 전 몇 번이고 당부했다.

넌 아무 말도 하지 마. 무엇을 물어봐도, 어떤 말을 들어도, 절대로 대답하면 안 돼. 알았어?

나는 주눅 든 얼굴로 물끄러미 엄마의 얼굴을 바라봤다. 알았냐고! 엄마는 내 어깨를 잡고 흔들었고 나는 고개를 끄덕였다. 어떻게 된 일이냐는 경찰의 질문에 엄마는 같은 말만 반복했다.

저 사람이 우리를 위협했어요. 저는 저와 아들을 지켜야 했어요. 저 남자가 우리를 때리고 괴롭혔습니다. 그래서 가슴을 밀었을 뿐이에요.

머리의 상처는 어떻게 된 거냐는 질문에는 잘 모르겠다, 넘어지면서 화분에 머리를 부딪쳤나 보다고 답했다. 맞은편 책상 너머에 수건을 뒤통수에 대고 계속 인상을 찌푸리던 남자가 자리에서 벌떡 일어나 엄마와 나를 향해 소리를 질렀다.

거짓말하지 마! 네 아들 새끼가 화분으로 내리쳤잖아.

경찰은 흥분하는 남자의 어깨를 붙잡고 진정시키며 의자에 앉혔다.

그러니까 지금 양측 주장이 다르네요. 한 분은 넘어졌다고 하고 다른 분은 화분으로 맞았다고 하고.

경찰은 볼펜 뚜껑을 눈썹에 신경질적으로 긁어 대며 말했다.

자, 자, 그럼 하나씩 짝을 맞춰 봅시다.

누가 봐도 경찰의 말이 맞았다. 짜증 나지만 쓰레기 말도 맞다. 솔직히 말이 되지 않는 건 엄마의 말이었다. 하지만 나와 엄마를 괴롭힌 건 저 남자가 맞다. 내 일기를 읽고 나를 때리고 엄마를 때린 건 저 사람이 맞다. 그걸 정확히 진술하는 건 어렵지만 확실한 건 나쁜 짓을 한 건 엄마가 아니라 저 쓰레기란 것. 그와 눈이 마주쳤다. 그는 죽일 듯이 나를 노려봤다. 나는 눈을 피하지 않았다. 저 눈을 뚫고 뇌까지 들어가고 싶었다. 거기에 한 번 더 화분을 집어 던지고 흙을 뿌리고 꾹꾹 짓밟고 싶었다. 엄마는 자기가 때렸다고 우기면서 아들은 아무 잘못이 없다고 했다. 남자가 이상한 소리를 하는 건 뒤통수를 다쳐 혼란을 겪는 것 같다고 했다. 나는 아무 말도 안 했다. 아니 할 수 없었다. 엄마가 아무 말도 하지 말라고 했다. 무조건 묵비권을 행사해야 한다고 했다. 잘못 말했다가는 엄마도 나도 모두 감옥에 간다고 했다.

알았어?

네.

대답도 하지 마. 그냥 고개만 끄덕여. 알았어?

나는 고개를 끄덕였다.

남자는 일기장을 책상에 펼쳐 놓고 경찰에게 읽어 보라고 했다.

이거 좀 보세요. 날 죽이겠다고 쓰여 있습니다. 이런 건 계획에 의한 살인 미수라고 봐야 되는 거 아닙니까?

경찰은 난감한 얼굴로 말했다.

여기 나온 쓰레기가.

네. 접니다.

음…….

경찰은 애매모호한 표정을 지으며 한참 동안 일기를 읽어 본 후 내게 물었다.

이거 네가 쓴 거니?

나는 아무 말도 하지 않았다. 고개를 끄덕이지 않았고 흔들지도 않았다. 경찰은 엄마를 보고 물었다.

이거 보신 적 있나요?

아뇨.

엄마는 완강하게 고개를 흔들었다. 남자가 주먹으로 책상을 때리고 피 묻은 수건을 흔들며 자리에서 일어섰다.

와아, 이것들 정말 무섭네. 눈 하나 깜짝 안 하고 거짓말을 하네. 내 머리를 이렇게 만들어 놓고.

경찰은 포스트잇을 하나 뜯어 내 앞에 내밀었다.

월화수목금토일. 써 봐.

나는 머뭇거리다가 썼다. 경찰은 포스트잇의 글자와 일기장의 필체를 번갈아 보면서 말했다.

음……. 글씨가 같은 것 같은데.

그때 한 무리의 사람들이 경찰서 안으로 들어왔다. 익숙한 목소리에 무심코 고개를 돌렸다가 깜짝 놀라 고개를 숙이고 말았다. 스프링 사람들이었다. 기분이 이상했고 몸이 뻣뻣하게 굳어 고개를 들 수 없었다. 부끄럽고 동시에 반가웠다. 안심이 되면서도 불안했다. 어떻게 된 일이냐고 눈으로 엄마에게 물었더니 엄마는 입 모양으로 내가 연락했다고 말했다. 난 신경질적으로 인상을 찌푸리고 머리를 감싸 안았다. 용감 아저씨. 아니지. 자존감 아저씨는 들어오자마자 허리를 굽혀 인사하며 경찰서 안의 사람들에게 베지밀을 하나씩 돌리기 시작했다. 베지밀을 받는 사람도 있었지만 대부분은 냉랭한 태도를 보이며 인사에 반응하지 않았다. 그러거나 말거나 아저씨는 반가운 사람을 만난 것처럼 소리 내 웃으며 배달하듯 책상마다 베지밀을 올려놓고 돌아다녔다. 원장은 사건 담당 경찰을 보자마자 대뜸 손을 내밀어 악수를 청했고 경찰도 얼떨결에 원장과 악수를 했다. 원장은 무슨 일이냐고 자초지종을 설명해 달라고 말했다.

무슨 관계십니까?

네. 언어 교정원을 운영하고 있습니다. 언어에 장애가 있는 이들의 권리와 복지에 힘을 쓰는 사람입니다. 어려운 사람을 돕는 것이 제 인생의 의무라고 믿고 있습니다.

원장은 유독 장애. 복지. 의무. 라는 단어를 크게 강조했고 경찰은 아…… 하면서도 무슨 말인지는 모르겠다는 얼굴로 고개를 끄덕였다. 경찰은 대충 상황을 설명하기 시작했다. 원장은 뚫어지게 그를 바라보며 말 끝을 따라 하면서 노트에 꼼꼼하게 적었다. 담당은 지나칠 정도로 자신의 말을 따라 하는 원장과 노트를 불안한 눈으로 바라봤다.

그런데 제 말을 왜 적으십니까?

네. 경찰 선생님의 말을 정확하게 이해하기 위해서입니다. 저는 말과 생각을 이렇게 노트에 적으라고 교육하고 있거든요.

경찰은 문제가 되는 부분을 손가락으로 짚어 원장에게 보여 줬다.

여기 보시면요, 이런 게 적혀 있는데…… 교정원에서 이런 걸 쓰라고 했다는 건가요?

원장은 미간에 주름을 만들며 한참 그 부분을 바라보고는 말을 하지 못했다. 원장의 눈동자가 왼쪽 오른쪽으로 빠르게 움직였다. 이 상황을 해결할 방법을 찾고 있는 것 같았다.

그러나 그런 방법은 없었다. 내가 너무 분명하고 명확하게 써 놨다. 죽일 거다. 죽이고 싶다. 이렇게 죽일 거다. 저렇게 죽었으면 싶다. 등등.

이건 제가 시킨 겁니다.

원장은 아아, 하는 소리를 길게 빼면서 별거 아니라는 듯 웃었다.

교정원에서 언어를 고치기 위해 사용하는 방법 중 하나거든요.

사람을 죽이라고요?

아뇨. 그 말이 아니라. 마음속에 있는 것들을 노트에 쓰는 겁니다. 생각하는 것. 관찰한 것. 느낀 점. 화가 나거나 슬프거나 괴로운 것들 모두 쓰게 합니다. 때론 시나 소설처럼 문학적인 상상력 같은 것들까지 쓰게 하죠. 그러니까 그건 일기장이 아니라 마음을 언어로 옮기는 연습장 같은 거예요. 언어를 풍성하게 하고 말을 잘하기 위함이죠. 교정원 사람들은 다 그런 노트를 쓰고 있어요.

원장이 노트를 보여 줬다. 자존감 아저씨도 피츠제…… 피츠도 노트를 내밀었다. 경찰은 내 노트와 피츠의 노트를 비교했다. 나도 피츠의 노트는 처음 보는 건데 정말 비슷했다. 빨간 글자와 파란 글자, 단어들의 나열과 일기까지 느낌과 형식이 비슷했다. 안도감이 느껴졌지만 몹시 부끄러운 기분이 들었다. 경찰은 피츠의 노트를 덮고 내 노트만 펼쳐 원장의 눈앞에 들이밀었다.

그런데. 어쨌든 사건이 발생했거든요. 저분이 화분에 머리를 다치셨고 피의자는 정황상 저 학생처럼 보입니다. 그런데 계획이나 생각 같은 것들이 여기에 이렇게 다 쓰여 있단 말입니다.

원장이 경찰의 손에서 자연스럽게 내 노트를 건네받았다.

죽이고 싶다, 이런 거요? 죽었으면 좋겠다, 밉다, 이런 거요? 그건 사람이면 그냥 다 하는 말 아닙니까? 우리가 하루에도 수십 번, 아니, 수백 번 넘게 생각하고 중얼거리는 말이잖아요. 마음에 있으면 괜찮고 마음에 있는 걸 쓰면 나쁜 겁니까?

원장은 연기인지 진짜인지 알 수 없지만 약간 흥분한 듯 목소리가 높아졌다.

경찰 선생님은 싫어하는 사람이나 미워하는 사람 없으세요? 저 사람 싫다, 차라리 죽어 버렸으면 좋겠다, 이런 마음 품으신 적 한 번도 없으세요? 같이 일하는 동료들 중에 그런 분 하나 없으세요?

원장은 주위를 둘러봤고 경찰은 당황한 듯 헛기침을 했다.

아니, 지금 그걸 말하는 게 아니잖아요. 그렇게 단순한 문제가 아닙니다.

저도 그렇게 단순하게 말하고 싶지 않은데 자꾸 선생님께서 중학생이 연습장에 언어 교정을 위해 단순하게 써 놓은 글을 과대 해석하시니까 이렇게 말할 수밖에 없습니다. 좋습니다. 죄라고 하죠. 그럼 제가 나쁜 사람이네요. 마음에 있는 걸 노트에 쓰라고 시켰으니까요.

이때 피츠가 나섰다.

그건 형식 형식상 일기가 아닙니다.

이건 또 무슨 말이고 도대체 너는 누구냐 묻는 듯한 눈으로 경찰이 피츠를 봤다.

그건 소설 소설이에요. 얘가 글을 워낙 잘 써서 제가 제가 시켰거든요. 소설을 써 보라고. 그랬더니 정말 소설을 썼네요.

내내 차분하게 말하던 경찰은 언성을 높이며 말했다.

소설이라니요. 여기 보면 나는, 이라고 쓰여 있잖아요.

피츠는 바로 대답하지 않고 특유의 묘한 미소를 지은 채 한참 경찰을 바라봤다. 피츠의 저 재수 없는 표정을 보고 아마 경찰은 굉장히 짜증이 났을 것이다. 내가 안다. 내가 알아.

경찰님은 1인칭 주인공 주인공 시점 소설과 일기의 차이 차이를 구분하실 수 있나요?

피츠는 뜸을 들이며 제자리에 서서 천천히 한 바퀴 돌며 자신을 바라보고 있는 사람들의 얼굴을 하나씩 하나씩 바라봤다.

그러니까 나는 학교에 갔다, 라는 문장으로 문장으로 시작한 글은 일기일까요, 소설일까요?

경찰은 당황한 듯 한참 고민하다가 일기, 라고 답했다. 피츠가 소리쳤다.

땡! 일기일 수도 있고 소설일 수도 있습니다. 다시 다시 말해 소설과 일기는 형식적으로 차이가 차이가 없어요. 그런데 소설가인 제 생각엔 이건 이건 소설입니다. 표현 표현을 보세요. 완전히 문학적이잖아요. 비유와 상징이 풍부하고 문장에 파토스가 넘쳐 흐릅니다. 제가 제가 소설가거든요. 압니다. 딱 보면 그냥 알아요.

아, 그렇구나. 원장이 어색한 표정으로 뭔가를 깨달은 듯 고개를 끄덕였다.

쓰레기가 책상 위 종이를 손으로 구겨 내 쪽을 향해 던지며 소리쳤다.

무슨 말 같지도 않은 소리를 하고 있어. 소설? 거기 내가 나오는데? 나를 욕하고 있잖아. 나를 죽이겠다잖아.

그 순간 자존감 아저씨가 베지밀에 빨대를 꽂아 남자의 입에 물리며 어깨를 눌러 자리에 앉혔다. 경찰은 남자를 진정시킨 뒤 혼란한 얼굴로 볼펜 뚜껑을 물어뜯었다. 누군가 조용히 경찰에게 다가가 명함을 건넸다. 안녕하세요. 수고가 많으시네요. 이모였다. 잠깐 나와 눈이 마주쳤는데 바로 고개를 돌렸다. 얼굴이 붉어졌는데 부끄러워서인지 반가워서인지 구분할 수가 없었다.

학생의 팔목과 목에 상처가 있네요. 손가락으로 강하게 누른 것 같은 멍이 있고 피부가 찢긴 흔적도 있습니다. 의사의 소견으로 봤을 때 이건 전형적인 방어 흔적이에요.

어째서인지 내내 인상을 찌푸리고 삐딱하게 서서 짜증을 내던 경찰이 태도를 바로잡고 고분고분하게 이모의 말을 듣다가 마지막 말을 따라 했다.

방어 흔적이요?

네, 저분의 머리에 난 상처가 누구에 의해 어떤 과정으로 생긴 건지 지금으로선 정확히 알 수 없지만 이 학생을 이렇게 한 사람은 정확히 누구인지 알겠네요. 청소년 보호 센터에 연락하셨나요?

아니…… 아니요. 지금은 수사 중이고. 그…… 뭐지? 피해자와 가해자 진술도 엇갈려서.

누가 피해자고 누가 가해자인가요?

네?

그리고. 상식적으로 이 학생은 겨우 열네 살이에요. 또래에 비해 키도 작은 편이고 키 큰 저 남자에 비하면 아이예요. 아이. 그런데…… 살인이라니요. 그게 말이 된다고 생각하세요? 이건 강자가 약자를 괴롭힌 전형적인 폭력 사건이에요. 피해자와 피의자가 뒤바뀐.

무슨 소리야!

당황한 남자는 소리를 질렀지만 아까와 달리 횡설수설했고 말까지 더듬거렸다. 남자가 엄마를 보며 말했다.

야, 저 사람들 뭐냐.

엄마는 남자를 쳐다보지 않고 두려운 얼굴로 고개를 푹 숙였다.

야! 어디에서 이상한 사람들을 데리고 왔어. 말 안 해? 거지 같은 년이 별 병신 같은 아들 새끼를 감싸고 있어. 너, 두고 봐. 내가 가만히 있을 것 같아? 이따 집에 가서 보자.

장의자에 앉아 멍한 눈으로 허공만 바라보던 할머니가 발소리도 없이 남자를 향해 천천히 다가왔고 책상에 있는 선인장 화분을 집어 들었다. 그리고 남자의 뒤통수를 내리쳤다.

그 밤. 나는 새벽이 가고 아침이 올 때까지 잠들지 못했다. 잠이 오지 않았고 잠들고 싶지도 않았다. 책상에 앉아 스탠드 불빛 아래 노트를 펴고 하얀 종이를 바라보며 생각하고 또 생각했다. 그 일. 사람들. 표정들. 오고 가던 말들과 사실과 진술. 거짓도 아니고 사실도 아닌, 어떤 진실에 대해서도 생각했다. 선인장 화분을 손에 들었을 때의 할머니, 메마른 우물 같던 텅 빈 눈동자에 차오르던 까만 물과 날카롭게 반짝이던 빛. 그걸 표현할 말을 몇 번이고 몇 번이고 생각했다. 한숨을 내쉬며 할머니 대신 경찰 앞에 앉은 원장. 왜 당신이 이걸 작성하냐는 물음에 제가 아들입니다, 라고 답한 원장. 그 후로 한마디 말도 없이 몸을 웅크리고 앉아 꼼꼼히 빈 칸을 채워 가던, 할머니가 그토록 보고 싶어 하던 그 예쁘고 착한 아들. 큰 몸을 둥글게 굽혀 경찰의 말에 답하고 설명하던 어둡고 쓸쓸한 원장의 얼굴. 내 손을 움켜쥐고 집까지 단 한 번도 놓지 않던 엄마의 손. 그 손 끝에서 내 손으로 계속 전해지던 울컥울컥 떨림. 모두. 전부. 종이에 모두 옮겨 놓고 싶었다. 아들, 잘 지내지? 툭툭 등을 두드려 주고 사라졌던 이모와 처음으로 진짜 소설가처럼 느껴졌던 피츠. 호주머니에 베지밀 두 개를 깊숙하게 찔러 주던 자존감 아저씨도 필사적으로 생각했다. 하나도 잊지 않을 거다. 어떤 기억도 희미해지도록 내버려 두지 않을 거다. 때문에 써야 했다. 기록해야 했다. 그것들은 콸콸 쏟아지는 물 같아서 작은 두 손과 평평한 종이에 담아 내려면 정신을 똑바로 차려야 했다. 대충 요약할 수 없었다. 최대한 자세하게 써야 했다. 그렇게 하려니 한 장면 한 기억을 쓸 때 시간이 오래 걸렸다. 상관없었다. 밤은 길고 잠도 안 오고 무엇보다 나는 무슨 말이든 하고 싶어 죽을 지경이었으니까. 자세하게 쓰는 건 어렵지 않았는데 느낌과 감정을 표현하는 게 쉽지 않았다. 피츠가 말했던 문학적 표현인가 뭔가를 사용해야 하는데 그것이 무엇인지 감도 오지 않았고 떠오르지도 않았다. 하지만 내 곁에 있긴 있었다. 나와 종이 사이 한 뼘도 안 되는 허공 속에 아지랑이처럼 투명하게 일렁거리고 있었다. 그걸 잡을 방법이 있을까?

창밖이 밝아졌고 쓰레기차 지나가는 소리와 새 지저귀는 소리가 들렸다. 볼펜을 놓고 스탠드를 껐다. 노트를 가득 채울 정도로 많은 글자를 썼다. 많은 사람으로 많은 감정을 느끼고 나왔더니 긴 터널을 통과한 것처럼 어지럽고 피곤했다. 그런데 좋다. 시원하다. 쓴 것들을 다시 읽어 봤다. 마지막에 쓴 할머니와 원장님에 대한 글이 가장 마음에 들었다. 할머니의 마음은 편지 형식으로 썼고 원장에 대한 이야기는 마치 내 이야기인 것처럼 썼다. 내 마음인 것처럼 내 마음대로 썼다. 원장이 자신에 대해 해 준 이야기는 아주 조금이었지만, 그리고 그것이 사실인지도 모르지만, 이상하게도 나는 원장의 마음을 알 것 같았다. 원장이 엄마를 어떻게 생각하는지, 어떤 기분을 느끼는지, 세상 사람들은 다 몰라도 나는 알 것 같았다. 아니, 어쩌면 원장보다 더 잘 알 수 있을 것 같았다. 바닥에 노트를 내려놓고 침대에 누워 눈을 감았다. 눈을 감아도 하얀 커튼이 내린 것처럼 밝았다. 오른팔로 눈을 가렸지만 잠은 오지 않았다. 피곤하다. 졸립다. 너무 힘들다. 그리고 이상하게, 그래서 짜증 나게, 자꾸 눈물이 흘렀다. 무슨 감정이 눈에서 눈물을 만들어 냈는지 알 수 없다. 모르겠다. 모르겠어. 중얼거리다가 정신을 잃었다.

12

원장실 문을 열고 들어갔다. 원장은 쓰던 걸 멈추고 펜을 든 손을 들어 인사했다. 나는 고개를 끄덕이고 의자에 앉았다. 원장은 내 쪽으로 성큼성큼 걸어와 내 머리를 농구공 안 듯 껴안았다. 원장의 크고 둥근 배가 코를 눌렀다. 숨이 막혔고 이대로 있다간 질식할지도 모른다는 공포심에 발버둥 쳤다. 원장은 그러거나 말거나 팔을 풀지 않았고 죽기 직전 패스하듯 허공에 툭 던졌다. 그리고 말했다.

웰컴.

그동안 어떻게 지냈냐, 원장이 물었고 나는 노트를 건넸다.

원장은 노트를 펼쳤다. 남은 페이지가 없을 정도로 가득 채운 글을 보고 깜짝 놀라는 표정이었다.

뭘 썼나 보자.

건성건성 들춰 보던 원장의 손이 어느 페이지에서 멈췄다. 눈빛이 진지하게 변했고 이마에 한 줄의 긴 주름이 만들어졌다. 원장은 노트를 들고 책상으로 돌아갔다. 나는 가만히 앉아 원장을 지켜봤다. 시간이 흐르고, 흐르고, 또 흘렀다. 원장은 노트를 덮고 두꺼운 손으로 한참 그것을 누르고 있다가 말했다.

나 보라고 쓴 거야?

아뇨.

그럼 이거 다 뭐야?

그냥 생각난 대로 써 봤어요. 마음에 있는 걸 다 쓰라면서요. 그럼 안 돼요?

아니, 뭐.

원장님.

응.

할머니가 엄마예요?

원장은 고개를 끄덕였다.

왜왜 말 안 해 줬어요?

안 물어봤잖아.

원장은 더 이상 이야기를 하고 싶지 않은지 귀찮다는 듯 뒷머리를 긁었다.

그리고 할머니는 몰라. 내가 누군지. 아들은 기억하는데 기억 속 아들이 자라지 않았거든.

원장님.

왜, 뭐, 질문이 왜 이리 많아?

무물어보면 안 돼요? 하고 싶은 말 있으면 다다 하라고 했잖아요.

아 진짜…… 뭐, 뭔데.

아니에요.

됐다. 궁금한 건 이미 다 알고 있다. 원장의 마음이 궁금하지만 실은 그것도 다 알고 있다. 손가락이 아플 정도로 노트에 다 써 놨으니까 외울 정도다. 원장은 사인펜을 들고 명찰에 무슨 단어를 쓸까 고민하다가 물었다.

그런데 복수. 용서. 두 단어가 왜 이렇게 많이 나와? 복수면 복수고 용서면 용서지. 이게 둘 다 많다는 게 이상하다고 생각하지 않냐?

난 어깨를 으쓱였다. 원장은 노트를 펼쳐 내게 보이며 말했다.

여기 나오는 아들이 엄마에게 복수하려고 평생 칼을 갈고 또 갈았는데 이렇게 마지막에 용서하기로 했다는 게 흐름상 말이 된다고 생각하냐고.

왜 마마발이 안 돼요?

넌 그게 돼?

…….

너도 안 되면서 이야기에 나오는 사람은 될 거라고 생각하는 거야? 아니면 그래야 한다고 생각하는 거야?

나는 뭐라고 해야 할지 몰라 입을 다물었다. 가능하다고 생각한다. 미워하면서 동시에 사랑할 수 있고 싫지만 좋을 수도 있으니까. 복수하고 싶으면서 용서하고 싶은 것도 가능하지. 그런데 엄마를 생각하면 마음이 답답해진다.

워원장님은 복수하려고 할머니와 가같이 있는 거예요?

복수?

원장은 이상한 표정으로 얼굴을 구긴 채 한참 웃었다. 연기 못하는 배우의 얼굴처럼 아주 괴상했다. 원장이 말했다.

하고 싶어도 할 수가 없네.

기억이 점점 옛날로 돌아가니까.

원장은 마지막 말을 혼잣말하듯 중얼거렸다.

엄마가 아아들에게 보내는 편지도 읽어 봤어요?

원장은 고개를 끄덕였다.

어땠어요?

그만.

원장은 손을 들었다. 더 말하고 싶지 않다는 신호였다. 워낙 단호한 얼굴이라 나도 모르게 입술이 다물어졌다.

그건 그렇고.

용서. 복수. 용서. 복수. 원장은 혼잣말을 하며 한참 고민하더니 명찰에 사인펜으로 뭔가를 썼다. 그리고 불길한 미소를 지으며 내게 내밀었다. 나는 명찰을 보자마자 소리를 지를 수밖에 없었다. 손가락으로 명찰을 문질렀다. 지워지지 않았다. 원장은 네임 펜을 보여 주며 악마처럼 끔찍한 미소와 함께 말했다.

유성이지롱.

강의실에 들어갔더니 사람들이 환호하며 박수를 쳤다. 난 얼굴이 빨개져 고개를 숙이고 쭈뼛거리며 문 앞에 서 있었다. 자존감 아저씨가 내 손을 잡아끌었다. 사람들은 내 명찰을 쳐다보며 큰 소리로 인사했다.

용복아, 안녕. 오랜만이야.

환영 환영한다, 용복.

아르페지오, 라는 명찰을 달고 있는 멍청이가 내 명찰을 손가락으로 가리키며 웃었고 24번은 그저 손만 들어 인사했다. 창가에 서 있던 할머니는 감정을 파악하기 힘든 묘한 얼굴로 나를 바라봤다. 잔뜩 주름진 그 표정은 화가 난 것 같기도 했고 좋은 것 같기도 했고 슬픈 것 같기도 했다. 할머니는 책꽂이 사이에서 섬성 비닐봉지를 꺼내 손에 들고 나를 향해 천천히 걸어왔다. 할머니가 주먹을 내밀었고 나는 손을 내밀었다. 손바닥에 계피 맛 사탕이 쏟아졌다. 나는 일곱 개의 사탕을 물끄러미 봤다. 어째서인지 고개를 들 수 없었다. 대단히 큰 잘못을 하기라도 한 것처럼 할머니의 눈을 볼 자신이 없었다. 할머니가 무섭게 나를 노려보는 것이 느껴졌다. 할머니는 사탕 하나를 들어 껍질을 까서 내 입에 넣어 준 뒤 따뜻하고 부드러운 주름투성이 손으로 볼을 쓰다듬어 줬다.

용복. 이번 이름 마음에 들지 않는다. 촌스럽고 바보 같다. 하지만 사람들은 좋아하는 것 같다. 말을 걸 때 꼭 이름을 부르고 말하는 내내 묘한 미소를 짓고 있다. 전에는 무연. 24번. 이렇게 짧고 담백하게 불렀는데 이번엔 굳이 끝에 아, 를 붙여 부른다. 그게 짜증 난다.

용복아. 용복아.

용복. 이렇게 부르면 되잖아. 왜 꼭 용복아, 라고 하는 거야. 무슨 개도 아니고 시도 때도 없이 용복아, 용복아, 심지어 할 말도 없으면서 괜히 용복아, 용복아, 한다. 네, 하고 대답하거나 무슨 일이냐고 쳐다보면 아니야, 하고 웃고 만다. 사람들은 왜 남 놀려 먹는 걸 좋아할까. 왜 남이 괴롭고 끔찍해하는 걸 그렇게나 즐거워하는 걸까. 시간이 빨리 흘렀으면. 멀쩡한 이름이 적힌 명찰을 가슴에 달고 싶다.

황당하고 이상한 수업을 했다. 교정원 근처에서 '우리 동네 바자회'라는 행사가 열렸는데 원장이 우리를 부르더니 파인애플 상자를 주며 말했다.

이거 팔아 봐.

24번이 그게 무슨 말이냐고 물었고 원장은 말했다.

장사. 타인에 대한 두려움을 극복하고 자신감을 높이는 데 영업처럼 좋은 훈련이 없거든.

아르페지오는 언제 터질지 모르는 폭탄을 든 사람처럼 불안한 얼굴로 파인애플 통을 손에 들고 원장을 멍하니 바라봤다. 원장이 소매를 걷었다.

잘 봐.

원장은 위생 장갑을 끼고 파인애플을 도마 위에 올려놓고 자르기 시작했다. 뾰족한 파인애플의 머리 꼭대기를 단번에 잘라 냈다. 원장은 그걸 도마 위에 보란 듯이 올려 뒀다. 여섯 번의 칼질로 파인애플은 정확하게 여덟 조각이 됐다.

길거리 음식을 신뢰하게 하는 방법은 제조 과정을 직접 보여 주는 거야. 중요한 건 지금부터.

칼끝을 조각난 파인애플 껍질에 살짝 집어넣고 부드럽게

발라냈다. 우리는 그 모습을 그저 멍하게 바라만 봤다. 노랗게 남은 길쭉한 파인애플 조각에 나무젓가락을 끼워 넣고 우리에게 하나씩 줬다.

이렇게 1000원. 반듯하게 잘라지지 않거나 모양이 예쁘지 않으면 잘게 잘라서 과감하게 시식용 접시에 올려.

우리는 성격만 좋은 바보들처럼 이를 보이고 웃으면서 지나가는 사람들을 봤다. 우리 좋은 중학생들이에요. 착한 마음을 갖고 있어요. 그러니까 우리 좀 도와줘요. 우리의 마음을 알아주세요. 마음의 외침이 표정을 통해 들리기를 바라며 처절하게 웃기만 했다. 사람들도 우리를 쳐다보기 시작했다. 나무젓가락에 꽂힌 파인애플도 보고 접시 위에 말라 가는 시식용 파인애플도 봤다. 그리고 그냥 지나갔다. 돈 안 내도 되니까 그냥 맛만 보시라고, 친절하게 이쑤시개까지 꽂아 뒀는데 왜 아무도 손대지 않는 걸까? 늘 용감하고 당당하던 24번도 이번 미션은 쉽지 않은지 당황한 얼굴을 감추지 못했다. 아르페지오는 괜히 옆에서 기타를 꺼내 지금 당장 줄을 맞춰야 한다며 고개를 푹 숙이고 띵띵거리기만 했다. 슥 쳐다보는 눈빛이 다트처럼 날아와 마음에 콕콕 박혔다. 부끄럽다. 민망하다. 우리는 못 할 거다, 라는 생각이 마음을 점점 어둡게 했다. 그때 어떤 아저씨가 태권도복을 입은 학생들을 거느리고 우리 앞에 섰다. 그리고 2만 원을 내밀었다.

열다섯 개 주세요.

진열된 파인애플은 여덟 개뿐이었다. 빨리 파인애플 통을 잘라야 했다. 24번은 나를 쳐다봤고 아르페지오는 더 열심히 띵띵거렸다. 내가 칼을 쥘 수밖에 없었다. 처음에는 걱정되고 망설여졌다. 망칠까 무서웠고 다칠까 두려웠다. 그런데 태권 소년들이 빨리 달라고 하도 조르는 바람에 나도 모르게 과감히 칼을 움직였다. 그런데 세상에, 진짜 거짓말 하나도 안 하고 잘했다. 원장보다 훨씬 잘했다. 24번이 돈을 바꿔 주고 감사합니다, 인사를 하면서 약간 흥분한 얼굴로 나를 향해 엄지손가락을 들었다. 도복을 입은 아이들이 노란 파인애플을 들고 바자회를 헤집고 돌아다녀서인지 사람들이 너도 나도 우리를 찾아와 1000원을 내밀었다. 정신이 없었지만 좋았고 하나씩 팔릴 때마다 마음의 온도가 쭉쭉 올라가는 걸 느꼈다. 파인애플을 자르고 있으면 신기하게 바라보는 사람도 있고 잘한다고 칭찬해 주는 사람도 있었다. 감사합니다, 고맙습니다, 금방 해 드릴게요. 나는 자연스럽게 그들의 말에 답했다. 더듬지 않았고 더듬을 것 같은 느낌조차 없이 입술 밖으로 빠져나가는 말이 부드럽게 느껴졌다. 24번은 지나가는 사람들에게 파인애플의 효능을 설명하면서 제법 전문적으로 영업했다. 잔돈을 거슬러 줄 때 비타민 C가 풍부해서 이거 한 조각 먹으면 비타민 C 하루 권장량이 다 채워진다고 했다. 아주머니에게는 식이 섬유가 많아 소화에 도움이 되고 변비에 특히 좋다고 했고, 배 나온 아저씨에게는 칼륨이 많이 포함되어 있어 혈압을 조절하는 데 도움을 준다고 했다. 뻔한 말이지만 아나운서를 닮은 24번의 말투와 목소리는 파인애플을 집어 든 사람으로 하여금 고개를 절로 끄덕이게 만들었다. 아르페지오도 나름 역할을 했다. 사람들 앞에서 기타를 연주했는데 꽤 잘 쳤다. 컨디션이 안 좋은지 모든 곡을 조금씩 치다가 인상을 찌푸리고 중간에 그만뒀다. 끝까지 친 건 로망스밖에 없었지만 사람들은 걸음을 멈췄고 박수를 쳤다. 아르페지오는 무대에 오른 진짜 기타리스트처럼 격식을 갖춰 인사를 했다. 파인애플은 시작한 지 두 시간 만에 다 팔렸다. 나, 장사에 소질이 있는 것 같다. 아니, 어쩌면 그냥 체질일 수도 있다. 소설가 형이 나보고 글을 잘 쓴다고 했는데…… 영업이나 장사 같은 것도 잘하는 걸까? 난생처음 장래에 무엇을 해야 할지 깊은 고민에 빠졌다. 마지막 파인애플은 이모에게 팔았다. 이모는 1000원을 주는 대신 돈까스를 사 줬다. 이모를 좋아하는 건 나뿐만이 아닌 것 같았다. 아르페지오와 24번은 이모 앞에서 엄청난 수다쟁이로 변했다. 물론 돈까스가 맛있긴 했다. 그래서 기분이 좋고 흥분했을 수 있다. 그렇다 하더라도 평소 둘의 모습을 생각해 보면 분명 이상했다. 교정원에 다시 돌아왔더니 아르페지오는 더 이상 실어증 환자가 아니었다. 아직도 노트에 글을 써서 보여 주지만 짧은 말은 더듬더라도 말로 하려고 했다. 하지만 이모 앞에서는 노트를 사용하지 않았고 더듬더라도 말하려고 했다. 24번은 기본적으로 나이답지 않은 분위기를 갖고 있었다. 웬만해선 잘 웃지 않았고 어른들의 말에 크게 반응하지도 않았다. 차갑고 도도한 느낌이랄까. 그런데 이모 앞에서는 영락없는 소녀였다. 옷 입는 것부터 좋아하는 음식까지 박수를 쳐 가며 말했다. 처음엔 나만의 이모가 모두의 이모가 된 것 같아서 기분이 좀 그랬는데 이야기하는 이모를 보고 마음이 누그러졌고 약간 감동도 됐다. 이모가 더듬는 거 처음 봤다. 그게 무엇을 뜻하는지, 이모가 어떤 마음으로 말하고 있는지, 너무 잘 알아서 이모가 대견했다. 이모가 내게 하듯 머리를 쓰다듬어 주고 싶었지만 그건 아닌 것 같아서 눈빛으로 잘했어요, 칭찬해 줬고 이모 역시 눈빛으로 고마워, 라고 답해 줬다.

오늘은 흐림. 기분 나쁘지 않음. 피곤해 죽을 것 같지만 오늘 있었던 일을 기록해 두려고 노트를 폈음.

선행상이 슬퍼 보여 핫바를 사 줬다. 무슨 일인지 모르겠지만 애가 이상하다. 말도 없고 웃지도 않고 선행도 안 하고 울기 직전의 얼굴로 멍하게 창밖만 보고 있다. 저 표정, 내가 아는데 자기 마음속으로 파고들고 있는 표정이다. 파고들다 보면 어둡고 아프고 힘들어 나쁜 생각을 많이 해서 억지로라도 웃을 수가 없다. 선행상의 얼굴이 딱 그 얼굴이다. 그래도 단순한 녀석이다. 순진하다고 해야 할까, 순수하다고 해야 할까. 핫바 하나 줬더니 그게 뭐라고 너무 좋아하고 고마워해서 민망할 지경이었다. 같이 좀 걸었고 스탠드에 앉아 국어 욕도 좀 하고 축구하는 멍청이들 흉도 봤다. 문득 이런 생각을 했다. 이러다 내가 선행상을 받으면 어떡하지? 그 생각은 나를 부끄럽게 만들었다. 헤어지기 전 선행상이 말했다.

그런데 너 진짜 말 잘한다. 너처럼 말 잘하는 사람 처음 봐.

나는 어이가 없어 아무 말도 못 했다. 처음엔 놀리는 줄 알고 마음이 딱딱하게 굳는 느낌을 받았지만 선행상의 눈은 진지했다. 장난도 아니었고 거짓도 아니었다. 별말을 다 들어 봤지만 그런 말은 처음 들어 봐서 웃음도 안 나왔다. 하마터면 고마워, 라고 말할 뻔했다. 집으로 돌아오는 길에 선행상과의 대화를 생각해 봤다. 더듬지 않았다. 더듬거리려는 말도 앞을 부드럽게 늘이거나 비슷한 단어로 바꾸니 흐름이 끊기지 않았다. 시큰둥한 목소리로 나에게 말해 줬다.

그럭저럭 이제 좀 하네.

그게 좋은가? 그래서 좋나? 생각하다가 약간 울컥했는데 그런 기분이 드는 게 쪽팔려서 큼큼, 기침을 했다. 그나저나 일기 좀 줄여야겠다. 일기 쓰느라 늦게까지 깨어 있고 그래서 아침에 눈 뜨기가 너무 힘들다. 엄마는 새벽까지 안 자는 내가, 공부는 안 하고 뭘 자꾸 써 대는 내가 걱정되는 모양이다. 방문을 살짝 열고 나를 염탐하는데 눈빛이 불안하다. 요즘엔 틈만 나면 성공한 사람들은 일찍 자고 일찍 일어난다는 설교를 한다. 혹시 내가 소설가나 시인 같은 글 쓰는 사람이 될까 봐 걱정돼서 그러는 거냐고 물었더니 그런 건 아니라고 했다. 그러면서도 일기 같은 건 이제 그만 쓰고 공부를 하라고 했다. 대답을 안 했더니 공부가 하기 싫으면 악기 같은 취미를 가져 보는 게 어떠냐고 했다. 엄마가 아직 아르페지오를 못 봐서 그런 소리를 하는 거다. 하지만 빨리 혼자 있고 싶어서 그냥 고개를 끄덕였다. 엄마 말을 들으려고 하는 건 아니고 어쨌든 일찍 자야 한다. 졸려서 걸어 다니기가 힘들 정도니까. 그만. 이제 그만. 이런 생각은 불 끄고 누워서 하는 거야. 말 좀 줄이고 이제 자자. 빨리 자자.

작가의 말

그는 어른이 됐다.

언제, 어떻게, 왜, 어른이 되는지 궁금했던 그는

마침내 자신이 어른이 되었다는 것을 깨닫고

그동안 욕했던 모든 어른들에게 미안한 마음을 갖게 된다.

그래서 그랬구나. 그랬던 거구나. 그럴 수밖에 없었구나.

막연히 알 것 같았다.

이름이 바뀔 때마다 조금씩 달라졌다.

다른 말을 하고 다른 생각을 하고 다른 사람을 만났다.

어느새 다른 세계.

그는 여전히 일기를 쓰고 편지를 쓴다.
하지만 사람들은 그것을 이야기라 했다.
이야기.
그것은 무엇이든 될 수 있다.
그러나 마침표를 찍고 나면 아무것도 아니었다.
텅 비어 무한한 종이처럼
영원히 깜빡이는 커서처럼

허무했으나 한편으론 다행이라는 생각
까맣게 채워 넣으면 하얗게 지워지는 날들이었다.
그는 하나의 진실을 깨닫게 된다.
문장을 바꾸면 사실이 달라진다.
표현을 수정하면 감정이 나아진다.
문단을 옮기면 과거와 현재가 바뀐다.
다음을 쓰면 미래는 생겨난다.

마침표 대신 쉼표를 찍으면
밤은 가고 해가 뜬다.
또 하나의 진실.
마음이 어둡고 괴로운 긴긴긴긴 밤
톡톡, 스페이스바를 누르고

탁, 엔터를 치면

계속 쓸 수 있다.

계속 살 수도 있다.

그리고 마지막 진실.

꾸며내고 지어내고 바꾼 기억들.

감정. 얼굴. 이름. 일기. 날과 달과 시간과 공간. 그리고 단어들.

진짜 기억이 되고 감정이 되고 얼굴이 되고 이름이 되어 살아 움직였어.

가짜가 아니었어. 뻥이 아니었다고.

기분이 좋아진 그가 말했다.

들어 주셔서 감사합니다.

추천의 말

『내가 말하고 있잖아』는 열네 살 소년이 언어 교정원에 다니면서 언어적 심리적 장애를 극복해 가는 과정을 담은 소설이다. 말을 더듬는 인물은 정용준의 소설에서 빈번하게 등장하는데 이번 소설에서는 그 내면 풍경을 열네 살 소년의 목소리를 통해 들려 줌으로써 언어적 결핍에서 비롯된 고통과 고투의 과정을 더욱 더 핍진하게 드러내 보여 준다. 제때에 제대로 말할 수 없는, 이미 가지고 있는 언어를 입 밖으로 그대로 내뱉지 못하는, 심리적 재난과도 같은 언어 장애 상황으로 인해 소년은 가장 가까운 가족은 물론 자신이 속한 세계로부터 배제된 채 보이지 않는 유령처럼 살아간다. 자기 자신을 마음 깊이 미워하면서 그리고 자신에게 상처를 준 사람들에게 은밀히 복수를 다짐하면서 살아가던 소년은 언어 교정원에서 만난 수강생들과 함께 언어 교정을 위한 일련의 과제들을 수행하는 과정을 통해 외면할 수도 있었던 저 자신의 상처는 물론 가족과 이웃의 아픔까지도 들여다보게 되고 그렇게 비슷한 결핍으로 모인 이름 없는 존재들은 서로가 서로의 거울이 되어 어느 결에 유사 가족과도 같은 형태로 연대를 이어 가게 된다.

말하는 연습과 함께 내뱉지 못한 말들을 노트에 적어 내려가던 소년은 어느덧 일기 쓰기를 넘어 소설의 형식을 궁리하는 자리로까지 나아가고, "나와 종이 사이 한 뼘도 안 되는 허공 속에 일렁이고 있는 문학적 표현"에 대한 고민과 함께 어느 결에 제 존재의 바닥을 딛고 나아가 보다 굳건한 자리로 옮겨 간다. 비록 이전처럼 말을 더듬지 않게는 되었지만 이후로도 소년이 언어적 싸움을 이어 가리라는 것은 쉽게 짐작할 수 있는 일. 언어를 통해 소통하는 일의 지난함에 대해. 언어 장애를 불러일으키게 된 정서적 방임 혹은 정신적 신체적 폭력에 대해. 어리고 유약한 존재들에게 가해지는 부모를 비롯한 어른들의 부주의함에 대해서도 새삼 숙고하게 해 주는 이 소설은 가까이에서 혹은 멀리에서 소년과 같은 힘겨움을 안고 매일매일 아프고도 충만한 기록을 이어 나가고 있을 어떤 고독하고도 단단한 마음들을 떠올려 보게 한다. 그 마음들로 인해. 그 마음들과 함께. 그 마음들 곁에서. 이상한 위로를 받는 동시에 말없는 응원을 보내고 싶어지는 것. 그것이 이 소설의 작고도 큰 미덕이라 하겠다.

—이제니(시인)

오늘의
젊은 작가
28

내가 말하고 있잖아

정용준 장편소설

1판 1쇄 펴냄 2020년 6월 26일
1판 13쇄 펴냄 2024년 8월 23일

지은이 정용준
발행인 박근섭·박상준
펴낸곳 (주)민음사

출판등록 1966. 5. 19. 제16-490호
주소 서울시 강남구 도산대로1길 62(신사동)
강남출판문화센터 5층(06027)
대표전화 02-515-2000 | 팩시밀리 02-515-2007
홈페이지 www.minumsa.com

ISBN 978-89-374-7328-9 (04810)
ISBN 978-89-374-7300-5 (세트)

* 잘못 만들어진 책은 구입처에서 교환해 드립니다.